PAUL FEVAL FILS
ES CINQ
TOME QUATRIÈME
20 Centimes
Collection A.-L. GUYOT
6 et 8, rue Duguay-Trouin
PARIS
Algérie, Colonies et Etranger : 25 Cent.

LES CINQ

PAUL FÉVAL FILS

LES CINQ

TOME QUATRIÈME

PARIS
Collection A.-L. GUYOT
6 et 8, rue Duguay-Trouin, 6 et 8

LES CINQ

PREMIÈRE PARTIE

(Suite)

Laura-Maria

(Suite)

XXI

SELF-INFLUENCE

Le miroir fut tourné vers Laure dont les traits étaient de marbre. Sous la rigidité de ce calme, il y avait pourtant comme un malaise.

La marquise rentra bien vite dans son rôle; elle appartenait de nouveau tout entière à l'épreuve mystérieuse qui allait avoir lieu sous ses yeux. Sans les vastes battements de son sein, elle aurait pu poser en statue de la Crédulité.

— Le miroir est placé, dit-elle en tâchant d'affermir sa voix, et j'ai la bague : commençons !

Avant de rouvrir ses paupières, Laure prononça tout bas :

— Domenica, je vous préviens que, dans un instant, vous allez être la maîtresse absolue de ma volonté. Je vous donne à feuilleter ce livre que toute créature humaine ferme avec tant de soin : ma conscience. Je n'ai jamais fait pour personne au monde ce que fais ici pour vous, et pour personne au monde jamais plus je ne le ferai. Souvenez-vous que vous avez entre les mains un dépôt sacré : n'en abusez pas pour satisfaire une curiosité frivole, — mais pour ce qui concerne votre poursuite maternelle, je vous autorise à user de moi sans réserve. Une fois endormie, si je refuse de répondre à vos questions, insistez ; si je m'obstine, ordonnez ; si je me révolte, menacez !

— Vous menacer, moi, chère belle ! s'écria Domenica. Ah ! par exemple !

Au lieu de répliquer, Laure ouvrit avec lenteur ses yeux où il n'y avait plus de rayons.

Les cils de ses paupières semblaient pesants. Son regard, qui cherchait à fuir le miroir et la bague, erra un instant dans le vide.

Quand il rencontra enfin l'anneau, une commotion courte, mais puissante, secoua le corps de Laure, dont les lèvres blêmes exhalèrent une plainte.

Elle se dressa à demi, les deux mains sur les bras de son fauteuil.

Elle était belle à miracle dans cette lutte contre une force invisible.

Soit qu'il y eût quelque chose de réel dans cette mise en scène, soit que la charmante baronne jouât merveilleusement son personnage de pythonisse combattant l'envahissement du Dieu, il est certain qu'un émoi mystérieux radiait autour d'elle.

On ressentait cela à distance comme l'action d'un foyer.

Ces préliminaires dégageaient je ne sais quoi d'ébranlant, et des esprits beaucoup plus solides que celui de la bonne marquise en auraient subi l'influence.

Pendant la moitié d'une minute qui s'allongeait à la taille d'une heure, Laure resta immobile et droite, l'œil voilé, la prunelle fixe, repoussant son propre regard que le miroir dardait sur elle.

Si vous eussiez demandé la mesure de ce temps à Domenica, elle vous aurait répondu : un siècle.

Et par le fait, toutes les parties de son corps tremblaient déjà et commençaient l'émeute des membres suppliciés par la fatigue, comme si elle eût gardé la même position énervante pendant le quart d'une journée.

Laure fronça le sourcil et dit avec colère :

— Ne bougez donc pas, madame !

— Mon Dieu, chère mignonne, répondit humblement la marquise, ce n'est pas ma faute. Je vous jure que je fais de mon mieux !

— Taisez-vous ! prononça Laure plus durement et d'un accent indigné.

La sueur coulait à grosses gouttes sur les tempes et sur les joues de Domenica, mais elle n'en tremblait que plus fort.

Laure frappa du pied violemment et se leva tout d'une pièce. Elle semblait beaucoup plus grande. Sa beauté se faisait terrible.

La marquise, épouvantée, laissa tomber le miroir.

— Ne me faites pas de mal, chérie ! balbutia-t-elle en chancelant.

Laure lui arracha la bague avec tant de brutalité que l'embonpoint du bon gros doigt de la marquise garda une meurtrissure violette.

Elle cria miséricorde et l'idée lui vint de se sauver, mais Laure lui avait déjà tourné le dos et marchait d'un pas roide vers la grande glace qui pendait au-dessus du canapé.

Un clou doré, à crochet, était piqué dans la bordure inférieure du cadre. Laure y accrocha l'anneau, et sans doute que le clou était là pour cet usage.

Le miroir à manche, désormais inutile, restait aux pieds de Domenica, qui trempait son mouchoir rien qu'à le passer sur son front inondé.

La peur qu'elle avait eue faisait encore claquer ses dents.

Laure se posa devant la grande glace. L'épreuve recommençait.

La marquise, placée maintement derrière Laure ne pouvait plus apercevoir que son image réfléchie, mais elle la dévorait des yeux et la curiosité revenait parmi sa terreur.

Au bout d'un instant, elle vit les traits de Laure se contracter légèrement, et celle-ci dit d'une voix très altérée :

— Approchez-vous. Ayez du sang-froid. Tenez-vous prête à me soutenir si je tombe.

Domenica obéit, mais elle avait elle-même grand besoin d'être soutenue.

Comme elle arrivait auprès de Laure, les yeux de celle-ci étincelèrent dans la glace. Ce fut une flamme passagère et pareille à celle d'une lampe près de s'éteindre.

En ce moment, l'effort dépensé par la belle baronne paraissait être à son comble.

Une tache de pourpre pâle marquait les pommettes de ses joues. Les lignes tourmentées de son visage accusaient à la fois et la fièvre et la fatigue d'un combat désespéré. Sa respiration sifflait dans sa gorge.

Tout à coup sa main droite, qui pressait sa poitrine, se déploya lentement au bout de son bras étendu — puis se leva — et par trois fois, elle dirigea vers sa propre image ce geste bien connu que les magnétiseurs appellent : une passe.

Le cristal poli et muni de tain, disent certains adeptes du magnétisme, répercute le fluide vital tout comme il réfléchit la lumière.

Mme la baronne de Vaudré oscilla comme un beau marbre qu'on priverait tout à coup du lien qui l'attache à sa base, et Domenica l'ayant reçue dans ses bras, l'assit sur le canapé.

C'est là ce que les Américains nomment le *self-*

influence, et quelques « professeurs » français l'*auto magnétisation.*

Ceux qui croient au reste de la doctrine n'on aucune raison valable pour révoquer en doute ce phénomène particulier.

Laure avait maintenant les yeux mornes et tou grands ouverts. Elle était blanche comme si le dernier atome de son sang eût déserté ses veines.

XXXIII

LA LETTRE MIRACULEUSE

La marquise Domenica regardait « sa chérie » avec une certaine défiance. Sur son honnête figure ou aurait pu découvrir un reste de frayeur.

— Dormez-vous, mignonne ? demanda-t-elle timidement.

— Oui, répondit Laure, je dors.

— Mais j'entends, là, bien comme il faut ! insista la marquise.

— Je dors, répéta Laure.

Sa voix, si harmonieusement sonore à l'ordinaire, frappait sec au typan et les vibrations s'en éteignaient au sortir même de sa bouche, comme il arrive à ceux qui parlent malgré eux-mêmes dans le délire de la fièvre.

— Êtes-vous lucide ? demanda encore Domenica.

— Non, attendez.

Laure continua presque aussitôt après, faisant de de grandes pauses entre ses phrases :

— J'ai de la peine... je cherche mon chemin... je me dirige vers le point que vous désirez éclaircir.

— Un instant, ma petite ! fit la Marquise en se redressant tout à coup.

Ces mots furent prononcés comme on intime un ordre et à la cosaque, encore !

Jamais cette bonne Domenica n'avait parlé si leste à personne, même à ses domestiques valaques.

Par nature, elle était la politesse même, et la douceur, et la timidité.

Mais aujourd'hui, elle lançait tout cela par-dessus les moulins ; vous ne l'auriez pas reconnue, tant elle parlait haut et bref.

C'était son rôle qui la tenait. Elle avait une foi si entière à l'importance de son rôle que sa faiblesse ordinaire disparaissait. On lui avait dit : « Vous allez être maîtresse absolue. » En des matières si graves, tout doit être pris au pied de la lettre. Elle entendait être maîtresse absolue et user de son autorité dans l'acception la plus large du mot.

Puisque l'oracle était à elle en propre, elle prétendait le faire travailler selon sa fantaisie.

— Vous n'avez pas du tout à vous diriger vous-même, ma bonne petite, continua-t-elle d'un ton de plus en plus décidé. C'est un soin qui ne regarde que moi, tenez-vous cela pour dit ! Ce n'est pas que j'aie défiance de vous, mais vous comprenez, il me serait impossible de contrôler ce que vous allez me dire au sujet de l'avenir où même au sujet des choses présentes que j'ignore, Nous allons donc, s'il vous plaît, tenter, au préalable, une petite épreuve bien concluante à propos d'une histoire toute fraîche et que je possède sur le bout du doigt. Cela ne vous fâche pas ? Il s'agit d'un fait qui m'occupe beaucoup et auquel j'ai déjà fait allusion tout à l'heure, en me dispensant néanmoins volontairement de vous le raconter pour vous laisser l'honneur de le deviner. Je vous aime de tout mon cœur, et je compte vous le prouver par un cadeau que l'empereur trouverait au-dessus de ses moyens. Fiez-vous à moi, mais, toute simple qu'on me croit, j'ai mes idées et je ne veux pas acheter chat en poche.

Elle reprit haleine pendant qu'un sourire content épanouissait sa large beauté. Laure restait immobile autant qu'une pierre.

La marquise avança une bergère et s'y plongea d'un air délibéré.

- Si vous vous fâchiez, ma petite, reprit-elle en achevant de s'éponger avec son mouchoir, cela ne ferait ni chaud ni froid, puisque, une fois éveillée, vous ne vous souviendrez de rien. C'est vous-même qui me l'avez dit, et c'est bien commode pour moi. Voyons ! nous allons juger du premier coup si vous y voyez clair. Je vous commande expressément de me dire où j'étais il y a une heure.

Laure, qui regardait fixement le vide, fut quelque temps avant de répondre.

Domenica, superbe d'importance, lui envoya une passe de secours en ajoutant :

— Allez, chérie !

— Vous étiez à l'église, dit enfin la jolie baronne.

— Pas mal !... Quelle église ?

— Aux Missions-Étrangères.

— Très bien !... Mais c'est ma paroisse et j'y vais tous les jours, cela n'est pas malin à trouver.

Voici le difficile qui commence : Ayez la bonté de me dire ce qui m'est arrivé à l'église.

Elle ajouta en dessinant une passe bien calibrée :

— Je le veux, ma chère, allez !

On entrevoyait comme un travail sur le visage immobile de Laure. Ses prunelles ternes, pour employer une expression du métier, « regardaient en dedans ».

— Je suis lucide ! dit-elle tout bas. Je vois le monde dans l'église... Je vous vois... vous êtes agenouillée et vous pleurez... Que faites-vous au dossier de votre chaise?... Ah ! il y a un petit coffre sous l'accoudoir; vous l'ouvrez, vous y choisissez un livre... un livre usé : vous vous en servez depuis longtemps...

Elle s'arrêta. Domenica l'écoutait la bouche ouverte.

- Eh bien? fit-elle.

— Il y a quelque chose dans le livre, poursuivit Laure péniblement. Je ne vois pas ce que c'est... attendez : c'est à la page 4 de l'ordinaire de la messe, un papier...

Domenica respira fortement. Laure s'arrêta encore.

Mais au bout de quelques secondes, elle reprit d'elle-même et couramment :

— Un papier très fin, une lettre; vous la lisez, vous poussez un cri, vous devenez plus pâle qu'une morte, on s'empresse à vous secourir...

— Après? après?

Laure ne répondit pas.

— Pourquoi me suis-je trouvée mal ? demanda la marquise dont la voix chevrotait.

Laure fronça le sourcil et répliqua d'un ton irrité :

— Silence ! Ne pouvez-vous attendre ? Vous voyez bien que je suis à lire la lettre !

XXXIV

UN OU DEUX ESPRITS ?

Domenica, comme on dit aux bains froids, avait « pris son eau ». Elle nageait en plein miracle et commençait même à s'y faire.

— Vous avez raison, mignonne, dit-elle, lisez la lettre et prenez votre temps. Vous pouvez diriger vos regards à l'intérieur de ma poche : la lettre y est. Je la touche.

Pendant que Laure cherchait dans le vide les mots et les phrases de ce message si mystérieusement introduit dans le coffret aux livres de Mme la marquise, celle-ci tenait à la main la lettre même dans sa poche et se préparait à suivre le mot à mot sur le texte.

Nous n'avons nulle envie de jouer à cache-cache avec le lecteur. Dans le fait de cette belle Laure, il ne s'agissait pas de sorcellerie, mais bien de mémoire puisque c'était elle qui avait glissé la missive miraculeuse dans le coffret par les mains de Donat, dit Mylord, ce jeune serrurier de si grande espérance qui attendait présentement son tour d'audience à quelques pas de là, dans le boudoir.

Pour Mylord, un pareil tour d'adresse était la chose la plus simple du monde.

— Ecoutez, reprit Laure, voici ce que j'ai lu :

« A Domenica de Sampierre, princesse Paléologue.

« La main qui tenait les Trois Glaives est desséchée. Le dernier des chevaliers repose dans la terre lointaine, au delà de l'Océan, mais celui qu vous donna sa vie entière sans rien prétendre er retour n'est pas mort avant d'avoir accompli sa tâche.... »

— C'est inimaginable ! murmura la marquise qu avait déplié la lettre et lisait le texte à mesure. J'a vu bien des somnambules, j'ai consulté bien des professeurs, jamais je n'ai rien rencontré de pareil Et quel bon cœur que ce vicomte, hein ? Ma petite vous êtes très forte. Allez !

— « Le jeune prince, continua Laure, *lisant* toujours, celui qui réunit dans ses veines le sang des empereurs au sang des apôtres, avait quinze ans lorsque son noble protecteur succomba... »

Domenica porta son mouchoir à ses yeux.

— Pauvre cher vicomte ! dit-elle ; je lui suis bien reconnaissante. Ah ! il avait beaucoup d'affection pour moi, c'est certain. Moi, je n'aurais pas mieux demandé que de l'épouser, dans le temps, ma chère, il me plaisait par ses bonnes façons. Le pauvre Giammaria, lui, sans être mal de sa personne, n'avait pas de succès dans le monde. C'est la faute de mon respecté grand-père, Michel Paléologue, qui montra bien de l'obstination dans toute cette affaire-là ! Enfin ! ce qui est fait est fait... Allez, ma petite !

— « Après la mort de son vaillant tuteur, continua Laure, obéissante, seul désormais dans ce pays lointain où la vie est une lutte de chaque jour, le jeune Domenico, ignorant tout de sa famille et même de sa patrie (car Jean de Tréglave, fidèle à vos instructions et à ses promesses, l'avait abrité derrière une complète ignorance), le jeune héritier de Sampierre, dis-je, mena la rude existence des aventuriers.

« Défiez-vous, princesse, et que votre joie, en apprenant la grande nouvelle, ne vous fasse pas oublier la prudence, Domenico est à Paris, mais Domenico ne sait rien, et il ne cherche pas sa mère.

« Et d'autres, des imposteurs avides, cherchent la mère de Domenico ! Si grande que fût la discrétion de Jean de Tréglave, son secret avait transpiré pour un peu, et ses compagnons de hasard n'ignoraient pas que l'enfant lui-même, dans tel cas donné, pouvait être une inépuisable mine d'or... »

— En voilà assez, ma bonne, interrompit ici la marquise avec un calme surprenant, car ses impressions étaient soudaines et changeantes comme celles du premier âge : Je suis plus fine qu'on ne le croit. Des précautions, j'en prendrai ; de la prudence, j'en ai de reste, sans faire semblant de rien. D'ailleurs, je suis bien sûre de reconnaître mon Domenico entre mille et à première vue. Que Dieu me l'envoie seulement, voilà tout ce que je lui demande.

Depuis qu'on l'avait arrêtée, Laure était muette. La marquise attendit un instant sa réplique, puis elle reprit :

— Etes-vous en état de remarquer le sang-froid dont je fais preuve en ce moment, chère belle ? Les circonstances où je me trouve sont extraordinaires, mais je n'en suis pas effrayée. Tout en examinant l'ensemble de la situation, mon esprit peut saisir le moindre détail. Tenez ! il se fait depuis un quart d'heure environ un petit bruit dans la pièce voisine : je l'entends très bien et je désirerais en connaître la nature.

Il s'agissait de ce grattement léger, presque imperceptible, que nous comparions naguère au travail d'une souris. Laure, toujours docile, répondit :

— Cette porte communique avec le salon où il n'y a personne. L'autre porte du salon a été fermée à clef par moi-même.

— Si j'allais voir, cela vous déplairait-il ?

— Non, madame : vous avez intérêt à sauvegarder votre secret.

Domenica se leva aussitôt. Quand elle eut dépassé Laure, celle-ci laissa tomber son masque de statue et son regard, tourné vers la porte, exprima une très vive curiosité.

La marquise pénétra dans le grand salon qui était vide. Elle le traversa en entier pour aller à la porte opposée qu'elle trouva fermée à clef, avec le verrou mis.

Quand elle revint, Laure de Vaudré avait repris son apparence pétrifiée

— Il n'y a personne, dit la marquise, laissant la porte entr'ouverte, je vous prie de me dire à quoi vous attribuez ce bruit.

— A feu Jean de Tréglave, répliqua Laure sans hésiter.

Toute la bravoure dont la bonne Domenica était si fière disparut comme par enchantement.

— Jean de Tréglave ! répéta-t-elle et s'appuyant à un meuble, frissonnante qu'elle était de la tête aux pieds ; mais c'est un esprit, alors, ma chère ?

— Nous l'avons évoqué, prononça froidement la baronne, il est venu. Je l'ai appelé souvent. Chaque fois qu'il vient, sa présence a une voix : tantôt c'est un meuble qui se déplace, une porcelaine qui tombe...

Elle s'interrompit parce que, dans le grand salon, un vase venait de tomber et de se briser en éclats.

Domenica, verte de frayeur, s'élança en chancelant vers la porte et la ferma à double tour pour prévenir l'irruption violente de l'esprit.

— O ma chère, ma chère ! balbutia-t-elle, tout cela est terrible, et j'ai envie de vous éveiller !

— Vous êtes maîtresse de moi, repartit la baronne, mais celui qui vous a tant aimée ne saurait vous faire aucun mal.

— C'est vrai, c'est vrai ! dit la marquise en retombant dans son fauteuil, dont toutes les jointures gémirent. Nous étions deux enfants, et il avait tant de délicatesse ! Ah ! si mon père Paléologue avait voulu, comme ma vie aurait été changée ! Car moi aussi, je l'aimais !

Elle se couvrit le visage avec ses mains en ajoutant :

— En tout bien tout honneur, ma bonne. Giammaria nous avait trompés ; il était fou de naissance et nous n'en savions rien. Je le vois encore avec sa montre et sa trousse... Et ses yeux... Ce fut une scène horrible, et qui me glace encore le sang ! Quelle nuit, Seigneur, mon Dieu !...

Elle s'interrompit, et changeant de ton brusquement :

— Mais nous n'y pouvons rien, n'est-ce pas ? fit-elle. Si l'esprit est là, il doit bien voir que je ne l'ai pas oublié, j'ai bon cœur, et lui, pendant quinze ans, il ne m'a pas donné signe de vie, après tout. Tâchez donc de savoir pourquoi. J'entends pourquoi il ne m'a pas écrit selon nos conventions, pourquoi je suis restée toujours, toujours sans nouvelles de mon petit enfant bien-aimé...

Ses larmes jaillirent si impétueusement que tout son visage fut, en un clin d'œil, inondé. C'était une abondante nature qui faisait tout en grand. Parmi ce déluge de pleurs, elle réussit à dire :

— Voyons, répondez : pourquoi ?

— Jean de Tréglave vous a écrit dix fois, vingt fois, peut-être, repartit Laure, peut-être cent fois...

— C'est donc qu'on a supprimé ses lettres ! fit Domenica en frappant ses mains l'une contre l'autre. J'aurais dû m'en douter ! Il y a du Giambattista là-dessous ! Ma belle chérie, revenons à ce qui est désormais toute ma vie, mon fils, mon bien-aimé fils... Ce pauvre vicomte doit bien voir que je ne suis pas ingrate ! Entendez-vous, Jean ! Je ne suis pas ingrate, mon ami : vous connaissez mon caractère.

Domenica prononça ces derniers mots en forçant légèrement sa voix, et comme si elle se fût adressée à l'esprit qui cassait des potiches de l'autre côté de la porte.

Il faut renoncer à peindre le mélange d'égoïsme, de sensibilité, d'enfantillage qu'elle apportait tout au fond de ce drame.

Elle ne le voyait pas, le drame, mais il marchait terriblement !

— A nos affaires ! reprit-elle en revenant à sa compagne, avez-vous besoin de quelques passes ? Je vous prie de regarder encore un peu du côté de la lettre. Elle me fait le portrait de mon Domenico...

Il y eut un sursaut dans l'immobilité de Laure. Ses yeux ne parlèrent point, mais, en elle, quelque chose frémit.

Mme de Sampierre poursuivait :

— Comme il doit être charmant ! et bon ! et brave ! Est-ce l'esprit qui l'a écrite, la lettre ?

Laure garda le silence.

— A votre idée, poursuivit la marquise, dont les sourcils essayèrent un froncement, ne pourrait-il y avoir supercherie ? Moi, j'y ai songé.

Point de réponse encore.

— Quand je parle, il faut répondre ma petite, prononça Domenica majestueusement.

Laure murmura enfin :

— Ce que je ne vois pas, je ne puis le dire.

— Voyez-vous la lettre?

— Oui, je vois la lettre.

— Par le mot « présence. »

— Et il n'y a rien après?

La baronne hésita visiblement.

Domenica tenait dans sa main la lettre ouverte.

Je ne sais ici où trouver des mots pour exprimer ce fait d'une prunelle complètement immobile et qui, pourtant, projette de côté un regard perçant, subtil, rapide comme la langue bisaiguë d'un serpent.

Et cet autre fait d'une émotion violente, trahie par la joue de marbre d'une statue qui représenterait l'impassibilité.

Ce n'est pas possible, peut-être, mais cela fut.

Pendant le quart d'une seconde, la fixité du regard de Laure laissa sourdre un rayon qui n'allait pas dans le sens apparent de la vision.

Et son visage pétrifié se tourmenta sous l'effort d'un travail profond, qui n'en affectait en rien matériellement les contours ni les lignes, mais qui se laissait deviner derrière le repos apparent de la chair.

Quand elle parla enfin, ce fut de même : dans sa voix, dont le caractère général restait la roideur, brève et sèche, une angoisse irritée vibrait.

— Je vois la phrase ainsi, dit-elle : « Préparez-vous, heureuse mère, l'instant est proche; votre fils vous trouvera sans vous chercher, et désormais chaque heure qui sonne peut vous mettre tous les deux en présence. »

— Exact! fit la marquise. Mais ce n'est pas fini

Laure le savait bien. Elle venait de constater, par le prodige de cette vision oblique qui est la propriété des chats, que la lettre, écrite par elle-même, avait subi une altération.

On y avait ajouté quelque chose.

— Cherchez, ma toute belle, dit la marquise sans ironie aucune et avec une entière bonne foi. Vous avez bien le droit d'être un peu fatiguée ; je vais vous aider si vous voulez : Voyons ! Un esprit peut-il avoir deux écritures ? Ou bien y a-t-il deux esprits, dont l'un se laisse lire par vous et dont l'autre résiste à votre effort ? C'est si étonnant, les fluides ! Vous pouvez voir que je m'entends assez bien à tout cela, hein ?

Laure porta la main à son front.

— Je souffre, prononça-t-elle avec peine. Ma vue se trouble. J'ai peur.

Puis tout à coup, et comme on appelle au secours, elle s'écria :

— Eveillez-moi ! Eveillez-moi !

XXXV

TOUTE-PUISSANCE DE DOMENICA

Le charmant visage de la baronne exprimait depuis quelques instants la fatigue. Elle avait dit : « Je souffre. » et ce devait être vrai.

Son dernier cri dénonçait une angoisse et une terreur.

Domenica était ici comme le cavalier novice qui sent à ses talons une paire d'éperons tout neufs. Rien n'est plus aisé que de piquer, mais il y a la peur des ruades !

Domenica hésitait.

L'idée même qu'elle se faisait de son pouvoir absolu la portait à la clémence. Et c'était, au fond, une si bonne personne !

— Vous éveiller, ma petite ! dit-elle. Vous n'y songez pas ? je veux bien ne pas être rude avec vous, parce que je vous aime beaucoup, mais je vous tiens et je vous garde. Reposons-nous, si vous voulez, j'ai du temps devant moi : nous allons faire un petit entr'acte.

Elle visa le front de Laure avec la paume de sa main ouverte qui s'agita doucement : ainsi font mesdames les écuyères du cirque essayant des caresses calmantes sur le garrot de leur cheval, après le saut manqué des couronnes.

— Mon influence vous fait déjà du bien, n'est-ce pas? reprit-elle. J'ai une quantité considérable de fluide, et il est de première qualité. Tout à l'heure, je ne me suis pas vantée de cela, mais rien de ce que je viens de voir ne m'a étonné. J'en sais long, ma chère belle, laissez-moi faire, vous êtes en bonnes mains.

Sous l'action bienfaisante du fluide première qualité, Laure put fermer ses paupières et s'appuyer au dossier de son fauteuil. Le sourire de Domenica s'élargit.

— J'en étais sûre! murmura-t-elle. Je pourrais me faire payer comme les autres. Êtes-vous remise, mon ange?

Laure ne répondit que par un signe de tête imperceptible, et qui semblait signifier : « Attendez. »

— Bien, ma petite. Nous ne sommes pas à l'heure. Au moins ne croyez pas que je sois mécontente de vous; ces esprits sont tous des espiègles, et le vôtre vous a, bien sûr, joué un méchant tour. Pendant que vous soufflez, je vais vous dire l'idée qui m'est venue : je crois qu'*il* la jugera délicate. Comme il est décédé et que d'ailleurs j'ai passé quarante ans, je n'y vois pas d'inconvenance, et vous? Je vais emporter sa bague, dont je vous tiendrai compte au prix que vous fixerez et je la garderai dans mon tiroir, en souvenir de lui.

Tout en parlant, elle avait décroché la bague aux

armes de Tréglave qui pendait sous la glace, pour la nouer dans le coin de son mouchoir. Pensez si l'esprit devait être reconnaissant !

— Ah ! j'ai bien cherché, ma bonne petite, reprit Domenica en s'asseyant de nouveau. J'ai dépensé à cela deux ou trois fortunes. On se moquait de moi, mais ce n'était pas si fou. Les journaux avaient parlé de la présence des deux Tréglave en Californie; les journaux avaient dit qu'un gentilhomme français, accompagné d'un enfant, était aux mines. Un autre rapport affirmait qu'ils faisaient partie tous les deux d'une expédition dont on avait perdu la trace.... Quand je me vis seule après la mort de mon pauvre Roland... Mais je vais encore fondre en larmes si je parle de ces choses! Voyons! Nous avons soufflé? recommençons.

Elle pointa deux doigts dans sa main droite sur les yeux fermés de Laure et reprit :

— Laissons de côté, pour le moment, cette lettre qui vous trouble. Etes-vous lucide?

— Oui, répondit la baronne faiblement.

— Eh bien ! trésor, je vais vous dire : j'ai envie de savoir comment cette fameuse bague est venue en votre possession. Contez-moi ça !

Laure eut besoin de toute sa force pour réprimer un mouvement de joie. Le sourire vint jusqu'au bord de ses paupières, mais elle le cacha derrière ses sourcils froncés.

— Je ne veux pas, répliqua-t-elle, pourtant, à voix basse.

— Bon ! fit Domenica, je m'en doutais bien ! mais

moi, je veux, et vous savez que vous ne pouvez pas me résister.

— Je ne veux pas! répéta Laure avec plus de force.

— Bah! ma chère, le roi dit nous voulons, obéissez!

Elle leva le doigt. La bouche de Laure se contracta comme si ses lèvres eussent essayé de parler malgré elle.

— Est-ce assez curieux! pensa tout haut la marquise. Et comme il faut être aveugle pour nier la puissance du fluide!

— Si vous me contraignez, je ne verrai plus rien! dit Laure avec une colère admirablement jouée.

— A d'autres, mon amour! vous êtes un joli petit Protée qu'il faut battre. Eh bien! on vous battra... Allons! Allons!

— Je vous tromperai, je mentirai...

— Oh! la chère méchante! Nous avons donc un bien gros secret?

Laure porta la main à ses yeux d'un geste plein de détresse: La bonne marquise eut pitié, mais ce n'était rien auprès de sa curiosité.

— C'est comme pour les dents qu'on arrache, dit-elle d'un ton résolu. Le plus vite est le mieux. Parlez ou je frappe!

Sa main étendue se leva, non point pour porter un coup dans le sens matériel du mot, mais, pour dessiner une passe menaçante.

Laure tressaillit douloureusement et dit:

— Vous aurez en moi une mortelle ennemie, madame!

— Mais, du tout, mignonne, riposta Domenica,

sûre de son fait. Autant en emporte le vent! Ce n'est peut-être pas très généreux et j'abuse un petit peu de la situation, mais je n'ai eu que ce bout de roman en toute ma vie, vous comprenez que cela m'intéresse... et puis, c'est la seule manière que j'aie de prendre des renseignements sur vous. J'y tiens. Ne vous entêtez pas : dans une demie-heure, nous nous comblerons de gentillesses, nous deux!

Elle dessina une seconde passe. Laure se tordit et balbutia:

— Vous me faites mal... horriblement!

— Attention! pensa la marquise, il ne faut pourtant pas la tuer! Ah! quelle puissance! Quelle puissance! Avant d'avoir essayé, on ne sait pas de quoi on est capable!

Au moment même où elle allait modérer la gigantesque manifestation de son pouvoir, elle vit les traits de Laure se détendre et celle-ci murmura:

— Vous l'avez voulu, je parlerai!

— A la bonne heure, fit la marquise en prodiguant aussitôt les passes adoucissantes et calmantes qui devaient ramener la sérénité sur le visage de sa compagne.

Celle-ci commença aussitôt:

— Personne ne sait rien de mon passé. Il y a des souvenirs douloureux qu'on essaie d'ensevelir. C'était bien avant mon mariage; j'avais perdu ma mère de bonne heure, et mon père, qui était jeune encore, avait dissipé notre fortune.

Mon père était un gentilhomme; il ne voulut pas rester pauvre parmi ceux qui l'avaient connu riche.

Ne sachant à qui me confier, il me prit avec lui, et nous partîmes pour ces pays nouveaux où vont tous ceux qui n'ont plus de ressources dans l'ancien monde. Nous allâmes dans les vastes plaines du Nord-Ouest-Amérique où l'Europe croit enfouies toutes les richesses de l'Eldorado.

Mon père avait les qualités de ses défauts. Ce qui l'avait ruiné en France devait faire sa fortune au pays d'or où sa prodigalité devenait munificence et sa témérité héroïsme. Jamais il ne mesurait l'obstacle et rien au monde n'était capable de le faire reculer.

Là-bas, on aime les cœurs de lion.

Une armée d'aventuriers se groupa autour de mon père, et la grande entreprise fut fondée qui devait conquérir la portion indienne de la Sonora, sous la protection des deux gouvernements français et mexicain.

Je n'avais jamais quitté mon père. Au moment d'entrer en campagne, il voulut me laisser derrière lui, mais je refusai. Je fis bien, car il eut mon aide à son heure suprême, et son dernier regard se ferma sous mes baisers.

Il fut vaincu, non pas par les armes, mais par la trahison. Là-bas, la trahison est la loi. Un Mexicain trahit comme il respire.

Les Mexicains, jaloux des premiers succès de mon père, qui avait conquis en quelques semaines des mines d'une richesse inestimable, l'abandonnèrent pour s'unir aux Indiens et dressèrent autour de son camp une gigantesque embuscade. Personne d'entre nous ne serait sorti vivant de ce tombeau sans l'arrivée d'une troupe de mineurs français, peu nombreuse il est vrai, mais qui avait pour chef le vicomte Jean de Tréglave...

— Ah! ah! fit la marquise, voilà l'intéressant qui vient!

— Jean de Tréglave, poursuivit Laure, me sauva, mais orpheline. Mon père était couché mort au milieu d'un cercle de cadavres mexicains.

— Pauvre chère! murmura la marquise. Et après?

— M. de Tréglave avait connu mon père en France. Il me prit sous sa protection, il devint mon tuteur et mon frère.

— Rien que cela, trésor? demanda la marquise.

Elle fut punie de ce mot par la réponse suivante:

— Madame, vous parlez à une honnête femme et je vous parle d'un homme qui avait un grand amour dans le cœur.

Domenica rapprocha son fauteuil en disant:

— Mille excuses, ma bonne petite. Votre histoire m'attache beaucoup et je n'ai jamais estimé personne mieux que vous. Malgré la bague?

— La bague est un héritage.

— Et cet échange d'influences magnétiques entre un jeune homme et une jeune fille dans ce pays de sauvages? Je ne serais pas fâchée de savoir...

— Jean de Tréglave, interrompit Laure, m'endormit la première fois à mon insu, et ce fut pour envoyer mon regard au-delà de la mer, à la recherche de celle qu'il adorait, à laquelle il avait donné sa vie, et qui l'avait oublié.

Domenica eut un peu plus de rouge à la joue.

— L'enfant était-il avec lui en ce temps-là ? demanda-t-elle.

— Non, répondit la baronne, Jean de Tréglave avait un frère...

— Le brave Laurent ! s'écria Domenica.

— De celui-là, murmura Laure, que Dieu vous garde, madame !

— Que dites-vous !

— Je vous reparlerai de ce Laurent... Jean de Tréglave avait coutume de prendre pour lui-même tout le danger. S'il avait vécu, l'enfant serait revenu en Europe plus riche qu'un roi, assez riche pour dire à son père : « Je ne veux rien de vous qui avez mis du sang à mes langes, » et à sa mère : « Je peux vous pardonner, car je n'ai pas besoin de vous. »

La marquise secoua la tête d'un air mécontent.

— Jean est donc mort irrité contre moi, dit-elle, puisqu'il inspirait de pareils sentiments à mon fils ! De si loin, vous n'aviez pas pu lui montrer mon cœur ?

— J'avais montré ce que j'avais vu de vous et autour de vous, répondit Laure sèchement ; j'avais montré le père assassin épargné par les hommes, mais sur qui pesait la main de Dieu, et la mère, — je parle de vous, madame, — maîtresse absolue dans la maison, veuve du vivant de son mari, courant le monde, plus folle que le malheureux marquis lui-même, agenouillée le matin, dansant le soir, pleurant d'un œil et riant de l'autre payant les neuvaines de la main droite et de la gauche les violons...

— Oh ! chérie !... Et il vous avait crue ?

— Non, madame ; il ne croyait qu'en vous.

— C'était un bien bon homme, dit Domenica en s'éventant avec la lettre miraculeuse, mais s'il avait ramené tout uniment mon Domenico au bout d'un an ou deux, nous ne serions pas dans la peine et lui-même vivrait encore, ceci soit dit sans reproche.

Laure garda un dédaigneux silence.

— Quant à vous, ma petite, reprit la marquise, je vous ai menée un peu rudement tout à l'heure, et vous me gardez rancune. C'est tout simple. Nous ferons notre paix en temps et lieu... Ne me parlez plus que de mon fils.

— Vous ne demandez même pas comment Tréglave est mort, dit amèrement la baronne.

— J'ai assez pleuré... Mon fils, je vous ordonne de revenir à mon fils !

Laure se tourna vers elle tout d'une pièce comme les statues de saints que le moyen-âge posait sur pivot, au faîte des cathédrales.

— Pensez-vous m'effrayer ! s'écria la marquise, à qui vint la chair de poule.

— Regardez encore l'écusson de Tréglave ! prononça tout bas Laure dont l'œil planait au-dessus des choses terrestres : il y a trois glaives pour percer un seul cœur. Ce ne fut pas assez contre Jean de Tréglave. Ils étaient vingt autour de lui. Je le vis tomber avec trois couteaux mexicains plantés dans la poitrine... et sur sa lèvre, dans son dernier soupir, je recueillis le nom d'une femme qui n'était pas digne de lui !

— Et mon fils ! balbutia Domenica bouleversée.

La baronne répondit :

— J'avais promis de vous reparler de Laurent. Il était parmi les assassins, je l'ai vu ! Prenez garde...

— Lui ! Laurent ! un assassin ! l'assassin de son frère !

— Prenez garde au plus mortel ennemi de votre fils ! Prenez garde à Laurent de Tréglave !

XXXVI

LAURE, LA FRANÇAISE ET MADAME MARION

Dans le récit qui clôt le précédent chapitre, le lecteur a bien reconnu la *seconde histoire* de M. Chanut, arrangée en style d'oracle, avec la suppression totale du rôle de la Française, remplacée par Laurent de Tréglave.

Laure n'avait garde de parler de la Française, car la Française, en revenant de ses expéditions dans la Sonora, avait épousé, à New-York, M. le baron de Vaudré.

Mariée, puis veuve, la Française, qui n'était plus l'aventurière à tous crins et n'ayant rien à perdre, avait désarmé, au moins en apparence.

Ce qui réveilla d'un coup son apparence et ses espoirs, ce fut la mort du jeune comte Roland ; ce furent surtout les efforts bruyants tentés par Domenica pour retrouver son second fils.

Le pupille de Laurent de Tréglave était désormais l'unique héritier de l'immense fortune des Sampierre.

Il y avait mille à parier contre un que Laurent et son pupille étaient morts, dévorés à leur tour par le désert américain, puisque ni l'un ni l'autre n'avait répondu aux retentissants appels de la pauvre mère.

Pour la Française, devenue baronne de Vaudré, il ne s'agissait donc plus de *retrouver* Domenico, cette vivante mine d'or, mais bien de le CRÉER — de toutes pièces.

C'était hardi, mais Laure était hardie : elle voulut que cette création fût un chef-d'œuvre, sinon de vérité, du moins de vraisemblance.

Mort ou vivant, Domenico lui était inconnu, mais elle s'était rencontrée plusieurs fois avec feu le jeune comte Roland. C'était un point de départ : il fallait trouver tout d'abord une nature de jeune homme qui ne s'éloignât pas trop de celle de Roland, un visage auquel on pût appliquer à la rigueur ce terme vague : *l'air de famille.*

Il fallait l'âge : vingt ans ; il fallait la qualité d'étranger, l'accent, la tournure, quelque chose du caractère américain, Quoi encore ? le talent et la bonne volonté de remplir le rôle?

Non.

Ceci n'était pas nécessaire, et voilà où Mme la baronne se révélait vraiment femme d'État. Il y a des rôles trop difficiles à jouer. Laure ne voulait pas qu'on jouât le rôle : elle avait rêvé un comédien de bonne foi qui viendrait heurter son émotion vraie contre la sincère émotion de la mère.

De prime aspect, cela peut sembler subtil, mais une minute de réflexion vous dira que le premier venu parmi les abandonnés remplit à coup sûr les conditions essentielles de l'emploi. Je vous défie de découvrir un seul enfant trouvé qui ne rêve pas quelque poème de grandeur derrière le pauvre brouillard de sa destinée.

Laure chercha, non pas tout à fait aux environs de l'hôpital, mais dans ces lieux où le roman foisonne presque autant que chez Saint-Vincent-de-Paul ; elle chercha partout où l'on s'amuse.

Il y a des endroits trop gais où Mme la baronne de Vaudré ne peut guère mettre le pied, au moins ostensiblement. Mais vous souvenez-vous de Mme Marion, la gracieuse châtelaine de Ville-d'Avray ? Celle-ci est femme à entrebâiller toute espèce de porte.

Quoique le bal Mabille ait, en Europe, cette belle renommée d'être le lieu du monde où l'on rencontre le plus de vénérables vieillards, il n'est pas complètement impossible d'y trouver çà et là un jeune homme.

Ce fut là que Laure, sous les espèces de Mme Marion, pêcha son héritier.

Je dois dire que notre ami Edouard Blunt y était par pure escapade et assez empêché de sa personne, quand la plus charmante femme de l'univers vint au secours de son isolement.

Notre Edouard n'était pas ce qui se peut appeler un enfant trouvé, mais il ne savait rien de sa naissance et son imagination tremblait précisément cette fièvre de curiosité qu'il fallait à Laure.

Elle se dit : « Celui-là est mon comédien de bonne foi. »

Dès le lendemain de la rencontre, Edouard vint à la maison de Ville-d'Avray. C'était ce « beau petit », mentionné dans la conversation de Mlle Félicité et de M. Germand.

Nous n'avons pas besoin de faire remarquer au lecteur à quel point Edouard remplissait les autres conditions du rôle. Il avait ce qu'il fallait d'américain dans l'accent et dans la tournure ; son âge était le bon, et même, malgré la distance qui sépare un adolescent maladif d'un robuste jeune homme, il avait dans l'ensemble de ses traits quelque chose (on pourrait l'avoir à moins !) qui rappelait feu le comte Roland de Sampierre.

Laure était contente d'elle-même et de son œuvre. Tenant d'une main la mère, de l'autre le prétendu fils, elle les rapprochait peu à peu, croyant les tromper tous les deux, et, par le fait, prodiguant des miracles de science coquine à produire la manifestation de la vérité même.

Son siège était commencé : la lettre-miracle de ce matin ouvrait la tranchée. Cette lettre avait fait sauter, nous l'avons vu, le cœur de la pauvre mère dans sa poitrine.

Edouard n'avait plus qu'à se montrer...

Mais au milieu de cette route aplanie, un obstacle surgissait tout à coup.

L'oracle se trouvait avoir deux voix, l'esprit révélateur était double : une seconde supercherie sortait de la première à l'improviste, comme le diable, effroi des enfants d'une tabatière à surprise.

La lettre magique avait un *post-scriptum* et le *post-scriptum* ne pouvait pas être moins magique que la lettre.

Depuis que la marche de Laure s'était heurtée contre cette découverte, elle avait dû jeter de côté le mot-à-mot de son rôle appris et improviser en battant les buissons.

Ce n'était pas le nom du second sorcier qu'elle cherchait : le bruit de souris entendu dans le grand salon et la chute du vase la renseignaient suffisamment à cet égard. Ce qu'il lui fallait à l'instant, et sous peine de voir tomber tout l'échafaudage de ses ruses, c'était le texte même des lignes ajoutées.

Nous devons avouer que la bonne Domenica ne se doutait pas du grand travail de sa compagne. Aux derniers mots de Laure qui relataient la mort du vicomte Jean, Mme la marquise répondit avec un peu d'humeur :

— M'accusez-vous d'être ingrate ?

— Pauvre noble cœur ! murmura Laure d'un ton de compassion provocante, Tréglave, martyr oublié déjà !... Madame, il y a des moments où vous me faites horreur ! Si je pouvais, je vous empêcherais de retrouver votre fils !

Pour le coup, la marquise se fâcha tout rouge. Elle était princesse, mais elle avait la colère un peu bourgeoise.

— Malheureuse ! s'écria-t-elle, oubliez-vous que d'un geste je pourrais vous écraser !

Laure l'oubliait d'autant moins que sa seule ambition était déjà écrasée.

Mme de Sampierre avait à la main la lettre de l'esprit. Elle frappa sur le papier et poursuivit.

— Ah ! vous ne voulez pas que je retrouve mon fils ! Eh bien ! madame la baronne, vous ne savez pas à qui vous avez à faire ! Je passe pour faible de caractère, mais c'est une erreur, et puisque vous avez bravé ma puissance, plus de ménagements ! J'ai mon fluide et nous allons voir !

Joignant le geste à la parole, Domenica leva les deux mains à la fois et se mit à asperger de tout son cœur.

Son mouchoir était tombé d'un côté, la lettre-miracle de l'autre. Elle n'en savait rien. Elle travaillait comme les batteurs en granges, s'exaltant de plus en plus et arrivant à une sorte d : transport.

— Tu me céderas ! disait-elle, employant à son insu cette forme si étrangère à ses habitudes : tu me céderas, ou je te briserai !

Nous n'avons pas besoin de constater que sa victime, malgré l'averse magnétique qui tombait sur elle, jouissait de son parfait sang-froid.

Dès qu'elle vit tomber la lettre, Laure donna des signes de détresse.

— Ah ! ah ! fit la marquise de sa voix essoufflée, moi, je n'éprouve aucune fatigue ! Aucune personne ne connaît ma force !

Elle se mit en mesure de redoubler, mais Laure lui dit tout bas :

— Vous vous servez d'une arme que vous ne connaissez pas, madame. Ne voyez-vous pas que je vais mourir ?

La marquise recula de plusieurs pas, saisie d'une épouvante inexprimable. Pas un instant, elle ne mit en doute la vérité de cette affirmation.

— Grand Dieu! pensa-t-elle, j'aurais dû me méfier de ma puissance!

Puis, ramenée par l'élan de son bon cœur :

— Ma petite! oh! ma pauvre petite! je vais vous calmer. Il faut donc que j'aie perdu la tête pour vous traiter ainsi, mon cher ange!

Laure avait toujours les yeux grands ouverts, mais sa tête pendait sur sa poitrine. Quand la marquise voulut la secourir, elle lui dit :

— Ne me touchez pas!

Domenica joignit ses mains et se prit à trembler des pieds jusqu'à la tête.

— Mais que faire, chérie, que faire? s'écria-t-elle. Je vous jure que je voulais seulement...

— Ouvrez la fenêtre! interrompit Laure.

Domenica, chancelante qu'elle était, s'élança pour obéir.

Aussitôt qu'elle eut tourné le dos, le regard de Laure s'alluma. Elle se pencha rapide comme l'éclair, et saisit la lettre qui était à terre.

En ce moment la marquise se retourna.

— De l'air! par grâce! prononça faiblement Laure.

La marquise s'accrocha à l'espagnolette.

Laure, qui avait ouvert la lettre toute prête sous son fichu, la mit au jour et y jeta un coup d'œil, — un seul.

Après quoi, elle la lança aussi loin que possible, vers la place où la marquise s'asseyait tout à l'heure. Le papier, adroitement dirigé, alla tomber près du mouchoir, et Laure avait déjà repris son apparence pétrifiée quand Domenica revint à elle.

— Sentez-vous l'air frais, chérie

— Sortez ! dit Laure.

Le premier mouvement de la pauvre marquise fut d'obéir, mais la réflexion l'arrêta.

— Mignonne, dit-elle avec supplication, je ne peux pas vous laisser ainsi. Dites-moi que vous allez un petit peu mieux ! Ah quelle aventure ! ... et pourtant, se reprit-elle docilement en ramassant la lettre avec son mouchoir, si ma présence vous cause de la peine...

— Eveillez-moi ! interrompit Laure.

— Oui, chérie, tout de suite.

Mais avant qu'elle eût dessiné la première passe transversale, Laure se dressa comme un ressort.

— Je vois ! dit-elle. Qui a écrit cela ?... Est-ce lui ! Est-ce lui-même !...

Elle s'arrêta. La marquise dit, les larmes aux yeux :

— Ah ! chérie ! c'est justement ce que je voulais vous demander ! Qui a écrit cela ? Répondez ! répondez !

— Et qui a écrit le reste ? poursuivait Laure sans écouter. Ce n'est ni la même main ni la même pensée...

Et avec une extrême lenteur, elle lut, l'œil fixé dans le vide :

« Entre mille, quand il passera, vous le reconnaîtrez, à sa tête qui penche... »

— C'est cela ! s'écria la marquise en rouvrant la lettre, textuellement cela !

« Et alors, continua Laure, toujours *lisant*,

demandez-lui pourquoi sa tête est ainsi inclinée. Ce qu'il vous montrera, ressuscitera pour vous l'heure terrible qui est morte depuis vingt ans...

— C'est cela ! répéta Domenica, c'est le *post-scriptum* tout entier !

— Silence ! fit Laure.

C'était vraiment une belle comédienne. Elle avait attaché sur son visage le masque désespérée de la Sibylle forçant les secrets de Dieu.

— C'est moi qui veut savoir ! reprit-elle après un silence. Je cherche Domenico de Sampierre. Je veux le voir !... Je l'aperçois, je l'atteints... quelle puissance décevante m'en avait donc montré un autre ?...

Domenica n'osait plus bouger. Et en effet, ce n'était point pour elle que Laure semblait parler désormais. En apparence, Laure ne savait même pas que quelqu'un restait auprès d'elle. Toute entière à sa tâche épuisante, elle luttait corps à corps avec le mystère.

— Oui... oui, fit-elle d'une voix qui n'était plus la sienne et que sa compagne écoutait avec d'avides terreurs, c'est lui ! l'enfant que la mort guettait à l'heure de sa naissance !... mais l'autre, alors ?... Ils sont deux ; l'un est vrai, l'autre est faux... et comment la pauvre mère va-t-elle choisir ?

— Oh ! pardon ! pardon ! fit la marquise dont les mains frémissantes se tendaient vers elle, chère âme que j'ai méconnue ! Etes-vous assez bonne ! accordez-moi mon pardon !

— Venez ici ! dit Laure.

Domenica s'approcha et, malgré elle, ses genoux fléchir dans l'excès de sa religieuse émotion.

— Vous le voyez, chérie disait-elle à travers ses sanglots, vous voyez mon enfant bien-aimé ?...

— Donnez-moi votre main ! commanda Laure dont la voix faiblissait à mesure que son accent devenait plus impérieux : je ne sais pas si le souffle va me manquer trop tôt. Je joue mon existence.

— Arrêtez-vous ! s'écria la marquise, je vous en prie ! Si vous alliez mourir !

— Donnez-moi votre main, vous dis-je !

La marquise obéit et baisa la main qui prenait la sienne. Laure continua :

— Priez ! priez ardemment ! je vois !

On ne l'entendait presque plus. Un râle était dans sa gorge et sa prunelle se noyait.

— Je vois... le voilà ! Sa tête est penchée sur son épaule, parce que... Ah ! il y a longtemps ! Je vois cette chambre de la vieille demeure aux lambris somptueux... votre lit de douleur... un homme ! quelque chose brille dans sa main... Et vous êtes là, vous, la jeune mère, et l'homme frappe...

Elle poussa un grand cri :

— Du sang ! à la gorge d'un ange !

Elle se laissa aller de son haut, et Domenica, entraînée dans sa chute, l'entoura de ses bras, en criant :

— Oh ! vous avez tout vu ! je vous crois ! je vous crois ! un mot encore ! un seul ! quand mon Domenico sera-t-il dans mes bras ?

XXVII

FIN DE LA CONSULTATION

La baronne Laure de Vaudré était étendue sur le tapis, la tête renversée dans ses grands cheveux épars. Domenica, en proie à un délire véritable, baisait ses mains froides en sanglottant.

— Un mot, chérie, répéta-t-elle, encore un mot ! Qu'est-ce que cela vous fait de dire encore un mot ? Quand le verrai-je ? ayez pitié de moi !

Les lèvres de Laure remuèrent.

— Ce soir ? vous dites ce soir ! s'écria Domenica ivre de joie. Voulez-vous la moitié de ma fortune ? Je vous crois. Ce doit être vrai. Tout ce que vous avez dit est vrai... Ah ! qui peut nier la bonté de Dieu ! Quelle mère pourrait reconnaître, après vingt ans, le petit enfant qu'elle n'a pas revu depuis l'heure où il tomba de son sein ! Ils disaient que j'étais folle d'espérer, folle de chercher et ils avaient bien raison, puisqu'ils comptaient sans la miséricorde de Dieu ! c'est la blessure elle-même qui porte témoignage !... Chère belle, est-ce que vous ne m'entendez plus ?

La tête de Laure fit un signe imperceptible.

— Vous êtes mieux, n'est-ce pas ? On ne meurt pas de cela ! Dites-moi ce qu'il faut que je fasse pour vous éveiller. Est-ce que vous êtes encore fâchée ? Tenez, je baise le bas de votre robe, je me traînerai à vos genoux ! c'est vous qui me l'avez rendu, mon Domenico ! mon amour ! mon Dieu ! Je vous aime presque autant que je l'aime !

Laure eut encore un mouvement de lèvres :

— Le miroir !

La marquise le lui présenta, et Laure dit plus distinctement dès qu'elle l'eût touché :

— La bague !

Au moment où Domenica la lui tendait, Laure se souleva sur le coude. Sa main droite entoura le poignet de la marquise comme un bracelet de glace.

— On meurt de cela ! dit-elle très bas, répondant à l'un des derniers mots de sa compagne. Jamais je ne serai si près de la mort sans y tomber, Je vous défends de me dire, quand je vais être éveillée, ce qui s'est passé pendant mon sommeil. Vous entendez : je vous le défends !

Elle toucha la bague et son corps eut dans toutes ses parties un tressaillement bref.

— Ecoutez ! fit-elle, vous avez eu de moi ce que nul n'aura plus. Ne vous fiez à personne. Je ne sais pas si votre fils vous aime; ne vous fiez pas à lui; ne vous fiez pas à celle que vous appelez votre fille, Charlotte d'Aleix; ne vous fiez pas même à moi !... Vous êtes trop riche... Et il se peut que vous soyez pauvre quelque jour. Moi, ma tâche est remplie : j'ai tenu la promesse que j'avais faite à mon maître mourant. Prenez garde surtout à l'homme qui porte indignement le nom de Tréglave. J'ai tout dit.

La bague, élevée avec lenteur, vint effleurer sa lèvre et tout aussitôt elle regarda fixement le miroir. Un geste qui n'admettait pas de réplique avait réduit Domenica au silence.

Au bout de quelques secondes, Laure se mit sur ses pieds sans efforts ; mais elle fut obligée de chercher le canapé où elle se laissa tomber en riant comme un enfant qui se serait étourdi à force de tourner.

Un instant, elle cacha ses yeux éblouis derrière ses doigts. Avec ses beaux cheveux dénoués et sa robe en désordre, elle était la jeunesse même et jamais Domenica ne l'avait vue si charmante.

— Vous m'avez fatiguée un peu, chère madame, dit-elle. Etes-vous contente de moi ? Vous ai-je répondu comme il faut ?

Domenica la regardait interdite. Pendant que Laure parlait, la dernière trace de fatigue s'évanouissait. Elle était toute brillante d'insouciance et de gaieté.

— Mais que m'avez-vous donc fait ? s'écria-t-elle en sentant sur ses épaules les boucles de ses cheveux épars. Pourquoi m'avez-vous décoiffée ?

Elle se regarda vivement dans la glace et s'écria en éclatant de rire :

— Bien sûr que j'aurai été méchante et que vous m'aurez battue !

Ses yeux rencontrèrent la pendule ; elle ajouta, sincèrement étonnée :

— Une heure de l'après-midi ! et je ne suis pas encore habillée ! je vais vous demander ma liberté chère madame... Quand je reviens de l'autre monde, je ne sais plus trop où je suis. Est-ce bien aujourd'hui que nous dansons à l'hôtel de Sampierre?

— Oui, répondit Domenica dont l'émotion contrastait avec cette gaieté, c'est aujourd'hui. Et si vous saviez, ma chère enfant, si je pouvais vous dire...

— Quoi donc? fit la charmante baronne dont les yeux brillaient de curiosité.

— Vous m'avez défendu, répliqua la marquise, de vous révéler vos propres secrets.

Le sourire de Laure s'imprégna de mélancolie.

— Faites donc comme il vous a été ordonné, dit-elle, et à ce soir.

XXXVIII

SURPRISES

— Vous pouvez entrer, dit Laure aussitôt que la marquise l'eut quittée.

Elle parlait bas. C'était peut-être encore de la sorcellerie, car elle semblait s'adresser à quelqu'un d'invisible qui aurait été dans l'autre salon.

Mais si ce quelqu'un était un esprit, il n'entendit pas, sans doute, ou bien sa fantaisie ne fut pas de répondre ; le silence continua de régner dans l'appartement.

Au dehors, sur le pavé muet de la rue Saint-Guillaume, le coupé de Mme la marquise de Sampierre roula.

Quoique Laure n'eût point reçu de réponse, elle croyait encore à la présence d'un mystérieux compagnon, car elle reprit :

— Donat, mauvais sujet, vous pouvez vous montrer, elle est partie.

Puis elle ajouta non sans impatience :

— Voyons, Mylord, précieux Domenico ! héritier de Saint-Pierre et de Constantin, sortez de votre trou !

Ce deuxième appel n'eut pas plus de résultat que le premier. D'un mouvement brusque, ou il y avait déjà de la colère, Mme de Vaudré releva ses cheveux devant la glace.

— N° 4 ! dit-elle, avancez à l'ordre !

Point de réponse encore.

Laure s'élança vers le grand salon dont la porte restait entr'ouverte.

A ce moment, Hély, la méthodiste consolidée et trois fois purifiée, parut sur le seuil opposé.

— Monsieur Vincent, dit-elle, demande à parler à madame la baronne.

— Qu'est-ce que c'est que M. Vincent ?

— Je n'en sais rien, mais il dit que Mme la baronne connaît bien celui qui l'envoie.

— Et qui est celui qui l'envoie ?

Pendant cet échange de paroles, Hély avait traversé le petit salon.

Elle tenait un pli à la main.

— Le nom est là dedans, dit-elle.

Laure déchira l'enveloppe et changea de couleur.

Hély continuait :

— J'avais dit d'abord que Mme la baronne était occupée, mais ce monsieur a vu sortir Mme la marquise et c'est alors qu'il a mis ces deux mots sous enveloppe.

— Faites entrer ici et attendre, dit Laure. Allez.

Elle avait tourné le dos. Si habituée qu'elle fut à composer ses traits, elle sentait bien cette fois que son visage parlait malgré elle.

Le papier contenu dans l'enveloppe n'avait qu'une

ligne ainsi conçue : « A Laura-Maria, de la part du vicomte Jean de Tréglave. »

Hély se retira et revint l'instant d'après au petit salon avec M. Vincent, qui prit place paisiblement dans le fauteuil occupé naguère par Domenica. Laure n'était déjà plus là. Elle avait passé dans le grand salon et refermé la porte sur elle. Il semblait que la foudre l'eût touchée. Elle se pencha vers le trou de la serrure pour voir celui qui venait d'être introduit. M. Vincent s'était assis juste en face le trou de la serrure ; il feuilletait des papiers, Laure le considéra attentivement.

— Laura-Maria ! murmura-t-elle. Vingt ans écoulés ! Jean de Tréglave ! l'ai-je donc évoqué ? Et c'est cet homme-là, Vincent Chanut, un des plus adroits limiers de Paris qui entame la partie contre moi ! Vais-je perdre ?

Elle regarda tout autour d'elle avec égarement ; elle avait presque oublié son autre rendez-vous, mais les débris d'un vase de porcelaine, épars sur le tapis, aux abords de la fenêtre, la ramenèrent vers les nécessités de la situation.

Ceci était l'ouvrage de l'Esprit, et Laure avait quitté le petit salon précisément pour avoir une explication avec l'Esprit.

Elle reprit possession d'elle-même par un vigoureux effort et marcha vers la fenêtre au devant de laquelle un rideau se drapait. Contre son attente, le rideau soulevé ne lui laissa voir personne. Il n'y avait là que le piédestal de marbre d'où la potiche était tombée.

— Serait-ce l'effet du hasard ? pensa-t-elle.

Elle courut à la porte du boudoir qui était fermée en dedans et munie de son verrou, comme elle l'avait laissée. Il paraissait impossible qu'on se fut introduit au salon par cette voie.

Mais, au moment où elle allait tirer le verrou, avant de tourner la clef, Laure aperçut un cheveu enroulé autour du bouton. Son regard eut cette lueur que l'admiration allume dans la prunelle du véritable artiste à la vue d'un chef-d'œuvre. Elle se pencha pour examiner de plus près et découvrit une fine écorchure au-dessous de la clef.

Laure ne chercha plus. La trousse de Mylord Torticolis avait des bijoux en fait d'instruments, et le proverbe des voleurs de Londres dit : « Si l'aiguille passe, l'homme passera. »

Quand Laure ouvrit enfin la porte, elle avait rejeté loin d'elle tout symptôme de trouble, et, en apparence, du moins, jamais sourire plus victorieux n'avait éclairé sa beauté.

Elle n'eut pas besoin de chercher ; le premier objet qui frappa ses yeux, ce fut Mylord, couché tout de son long sur un sopha et dormant comme un bienheureux, entre les deux excellents volumes, prêtés par Hély : *La Série des preuves* et le *Jardin de la contreverse.*

A vrai dire, il avait une excuse. On le faisait attendre depuis assez longtemps pour que la patience la plus stoïque eût acquis droit de lassitude, mais outre que Mylord était un formaliste décidé, esclave de toutes les convenances, Laure savait parfaitement qu'il avait eu de quoi occuper les loisirs de son atten..

Quoi qu'il en soit, il dormait dans la pose d'Endymion caressé par la lune. Il avait mis son bras sous sa nuque comme le petit fils de Jupiter et sa tête se renversait dans l'abondance de ses cheveux. Chacun sait bien qu'un défaut physique peut disparaître absolument dans certaines attitudes, et Mylord en avait choisi une qui supprimait tout prétexte à son surnom de Torticolis.

Il était en vérité charmant garçon, et son cou blanc, incliné avec grâce dans le sens de sa déviation, provoquait le regard.

Non pas à demi, je tiens à mentionner cette circonstance ; Mylord avait ôté sa cravate et lâché le bouton de sa chemise.

Il faisait très chaud ; madame la baronne de Vauoré ne chercha d'abord aucune autre raison, pour expliquer le sans-gêne de Mylord ; mais en approchant, elle fut frappée du soin qu'il avait mis a composer son attitude. Tout tableau a sa pensée, Si un photographe eut saisit le sommeil de Mylord, on aurait pu écrire au bas de l'estampe : « Un jeune monsieur qui veut montrer son cou. »

Laure connaissait déjà son Mylord sur le bout du doigt. Elle obéit à l'injonction de l'écriteau et regarda.

C'était pour elle le jour aux surprises. Le hasard lui rendait avec usure les diableries qu'elle venait de prodiguer à la pauvre marquise.

Le cou de Mylord montrait une longue cicatrice

semi-circulaire et que nous ne pouvons mieux décrire qu'en la comparant à la trace laissée par un couperet de guillotine, employé à rebours, c'est-à-dire ayant frappé l'homme, renversé, le visage en l'air.

Ç'avait dû être une horrible blessure et l'on pouvait s'étonner de voir vivante la personne qui avait reçu un pareil coup.

Mais ce n'était pas une bien grosse cicatrice, ni surtout bien profonde. Dans toute son étendue, la plaie s'était refermée presque hermétiquement, formant une fine couture. Au centre, seulement, non loin du nœud de la gorge, deux traces restaient plus marquées.

Une idée traversa l'esprit de Laure. Certains mendiants sont peintres et se font des blessures à la détremper qui sont de purs chefs-d'œuvre, Mylord avait entendu tout ce qui s'était dit dans le petit salon pendant la séance de somnambulisme, Laure en était sûre. Il savait donc désormais, que pour tout acte de naissance, Domenico de Sampierre n'avait que la trace de cette plaie si facile à reconnaitre...

Laura mouilla le bout de son doigt et frotta bien doucement la blessure...

DEUXIÈME PARTIE

Princesse Charlott

DEMANDE EN MARIAGE

Au contact du doigt mouillé de Laure, Donat, dit Mylord, eut un tressaillement léger, mais il ne s'éveilla pas. La cicatrice était authentique et parfaitement naturelle.

Laure n'avait pas beaucoup de temps à perdre; nous savons qu'un autre point d'interrogation l'attendait au petit salon où Hély avait introduit M. Vincent, et cependant Laure se laissait aller malgré elle à chercher la solution de ce singulier problème.

Son esprit travaillait. En somme, il y avait là une indication positive. Laure l'admettait, la pesait à sa juste valeur, la discutait de bonne foi, mais n'y croyait pas.

Au bout de quelques minutes, Mylord se mit à sourire et rouvrit les yeux que le sommeil ne chargeait point.

— Madame, dit-il d'un air goguenard, ma nuque s'engourdit : avez-vous assez regardé ?

—Vous ne dormiez donc pas ? demanda la baronne.

— Non ; je voulais vous laisser la facilité de bien voir.

Il se mit sur son séant et rattacha le bouton de sa chemise en ajoutant :

— Je suis un gentleman. J'apprendrai vite le métier de prince, et la grosse dame qui est ma chère maman pouvait tomber plus mal !

— Quel petit serpent vous faites ! murmura Laure qui avait les yeux baissés.

Mylord sourit orgueilleusement et rétablit avec soin le nœud de sa cravate. Laure continua :

— Je vous avais témoigné beaucoup de confiance, Donat, une confiance absolue.

— C'est-à-dire, madame, que vous comptiez vous servir beaucoup de moi.

— J'avais pour vous une véritable affection...

— C'est-à-dire, traduisit encore l'élève de Jos. Sharp en rougissant pour tout de bon, que vous aviez dirigé vers moi des regards coupables.

Il s'était redressé. La fière sincérité de la vertu éclairait sa prunelle. Laure garda son sérieux.

— Comment se fait-il que vous ayez cassé le vase du grand salon ? demanda-t-elle.

Mylord perdit du coup une notable portion de son arrogance.

— Vous savez, répliqua-t-il d'un air embarrassé, quand on ne connait pas les êtres. J'ai entendu qu'on venait, je me suis lancé dans l'embrasure. Ce n'est pas la place d'une potiche, soyons juste !

— Vous avez eu du bonheur, de n'être pas découvert, ami Donat !

— Si j'avais été découvert, vous n'étiez que deux femmes et je suis toujours armé.

— Est-ce que vous nous auriez tuées ? sécria Laure.

— Je ne savais pas encore que la grosse lady était ma mère, répondit Mylord. D'ailleurs, j'appartiens à une école, et il y a les principes. Pour chaque cas donné, la théorie fournit la pratique à suivre. Je n'en suis pas à mon coup d'essai, madame.

— Vous avez déjà tué ? dit Laure qui baissa la voix malgré elle.

— Trois fois, repartit Mylord, et la première...

Il n'acheva pas. Vous eussiez dit qu'une main mystérieuse étranglait la fanfaronnade dans sa gorge.

Assurément, la belle baronne n'en était pas non plus à son coup d'essai. Il est problable même qu'au jeu du mal, elle eût rendu bien des points au disciple de Jos. Sharp. Et pourtant, cet étrange compagnon lui faisait froid.

Il y avait pour elle quelque chose de redoutable dans cette créature hybride qui semblait faite de contrastes : enfant et vieillard à la fois, naïf et rusé, amalgamant la pudeur et l'effronterie, plein de gaucheries, mais adroit comme un prestidigitateur, assassin effrayé par un péché véniel, rangé, formaliste, bohémien capable de tout excepté d'un bon mouvement, presque beau garçon quoique contrefait, comique avec gravité, cagot frotté d'athéisme et sinistre sous sa douceur comme un couteau de table qui tuerait entre les repas !

Ces animaux-là peuvent naître n'importe où, mais le dressage ne s'en fait qu'en Amérique ou en Angleterre.

— La première fois ?... répéta Laure.

Mylord la regarda de travers et répondit sèchement :

— Je ne suis pas ici à confesse.

— C'est juste, dit la baronne ; seulement, mon cher garçon, je vous ferai observer que vous avez mal récompensé ma confiance. Avec les autres, j'ai gardé mon masque, tandis que je vous introduisais dans ma propre maison...

— A combien évaluez-vous le bien de cette marquise ? interrompit Mylord.

Mme de Vaudré s'assit auprès de lui sur le divan et il se recula aussitôt d'un mouvement plein de pruderie.

— Vous ne répondez pas ? dit-il.

— Qu'est-ce que cela vous fait ? demanda Laure.

— Puisque je suis l'héritier...

— En êtes-vous bien sûr ?

Elle le regardait en dessous.

— Faut-il ôter de nouveau ma cravate ? dit-il d'un air résigné.

— Non. Peut-être savais-je d'avance ce qu'il y a dessous. Peut-être même avais-je l'intention de m'en servir, mais, dans une association, il ne peut y avoir deux maîtres.

— C'est clair : je suis le maître.

— Je crois plutôt que vous êtes un employé congédié. Vous ne faites plus partie de l'association, Donat.

— Passez-vous donc de moi ! s'écria Mylord. Je vous en défie !

— Nous essayerons, dit la baronne.

En même temps, elle voulut se lever, mais les doigts de Mylord s'étaient refermés sur son poignet. Leurs yeux se heurtèrent. Laure l'examinait curieusement. Elle était brave. A la première lueur de menace qui s'alluma dans la prunelle de Mylord, elle dit froidement :

— Connaissez-vous M. Chanut ?

Les paupières de Mylord eurent un frémissement.

— Moi, je le connais très peu, poursuivit Laure. C'est aujourd'hui sa première visite. Il m'attend de l'autre côté de cette porte, et vous m'excuserez si j'abrège notre entrevue.

Mylord lâcha son poignet. Laure reprit :

— Je ne voudrais pas le faire attendre : c'est un homme à ménager. Vous savez, je ne vous en veux pas du tout pour votre manque de galanterie, ajouta-t-elle en agitant sa main qui portait une légère trace de pression. Le respectable docteur Jos. Sharp n'a pu vous enseigner les usages du monde parisien qu'il ne connaissait pas. Je vous pardonne aussi l'accident arrivé à mon vase et l'indiscrète curiosité qui l'a produit. Quand je vous ai ouvert ma porte, je savais bien que je n'introduisais pas chez moi un modèle de délicatesse...

— Madame, interrompit Mylord piteusement, je suis un gentleman !

— Certes, certes, un parfait gentleman... Y a-t-il longtemps que vous n'avez vu votre mère ?

— Je viens de la voir pour la première fois, madame, et je sens que je l'aimerai.

— Pas celle-là, mon camarade, l'autre ; celle qui vous accusera un jour d'avoir retiré l'échelle...

— Madame !... balbutia Mylord épouvanté.

— Votre père en mourut, ami Donat, et c'est cela que vous n'osiez pas dire tout à l'heure.

Mylord baissa la tête franchement.

— Parfait ! dit Mme de Vaudré. Je reconnais là mon sauvage. Jamais les Iroquois ne continuent la bataille une fois qu'ils sont découverts. Vous aviez cru que vous pouviez vous passer de nos associés, ce qui est, en effet, possible, et même de moi, ce qui est absurde. Mon camarade, vous êtes un jeune serrurier de beaucoup de mérite, mais pour faire un prince, avec cela il faudrait...

— Il ne faudrait que votre volonté, madame, interrompit Mylord en relevant sur elle son regard grave et soumis.

— C'est exactement vrai, dit Laure, et même votre audacieux abus de confiance, le *Post-Scriptum* ajouté par vous à la lettre que je vous avais confiée, nous aiderait positivement dans cette voie... mais, malheureusement, la place est prise.

— Par qui ?

— Par le vrai fils de Sampierre.

— Où est-il ?

— Dans ma main.

— Qui est-il ?

— Votre associé et votre maître.

— C'est lui le n° 1 ! prononça tout bas Mylord.

La baronne souriait. Mylord était sombre comme la nuit. Il semblait réfléchir profondément.

— C'est bien, reprit-il, je le tuerai ; j'en ai le droit, puisqu'il me prend ce qui est à moi. Le vrai Sampierre est mort ; vous avez fabriqué celui-là, et il doit être mieux réussi que moi, car il n'y a rien de si adroit ni de si habile que vous. La femme est la coupe de perdition ! La femme est le serpent, source de tout venin ! La femme est le courtier infatigable qui voyage pour le compte de l'enfer ! La femme...

Il s'arrêta pour reprendre haleine. Il parlait avec une animation extraordinaire. Ses lèvres fiévreuses tremblaient. Quelque chose d'inouï s'agitait dans ce cerveau baroque où la tempête couvait toujours sous l'apparence du calme plat.

Laure se tenait sur ses gardes et elle avait raison, car elle allait subir une rude attaque.

— La femme, reprit Mylord en fermant les poings, est la pierre d'achoppement spirituel, la tentation, la damnation ! Je hais la femme. Jos. Sharp m'avait dit : « Tout est permis excepté la femme ! » Il avait raison, mais il ajoutait : « A moins que ce ne soit pour affaires. » Il avait tort !... Ecoutez-moi bien ! je suis jeune, j'ai des talents, de la conduite et des agréments personnels. Le léger défaut de symétrie qui incline ma tête n'a rien de répugnant puisqu'il provient d'une blessure. Je possède encore la fleur de ma candeur, je le jure ! Je puis vous sacrifier tout cela si vous voulez mettre de côté le n° 1 et me donner sa place.

Il fixait sur la charmante baronne un regard mendiant, tout plein d'une étrange passion, mais plus froid que la glace : regard de Shylock adolescent qui dévore le bénéfice d'un marché.

Ce regard, Mme de Vaudré l'accueillait, l'enveloppait dans le plus coquet de ses sourires et « jouait avec », pour employer la formule vulgaire qui est académique chez nos voisins les Anglais.

— Est-ce que vous m'aimeriez, Donat ? dit-elle doucement.

Il fut un peu étonné. Le mot lui parut vif et surtout étranger à la question.

— Dans la purification du troisième ordre, répliqua-t-il, le célibat est recommandé comme supériorité d'état, mais le mariage n'est pas défendu. C'est ce qu'on nomme la tolérance du péché d'alliance, et le saint Nicholas Daws admet les excuses fondées sur l'intérêt sérieux. Que serait une religion qui entraverait les affaires ?

— Un non-sens, répondit Laure... Vous m'intéressez beaucoup, Donat.

Mylord avait quelques gouttes de sueur sous les cheveux.

— Je consentirais donc, poursuivit-il, à contracter mariage avec vous, et alors vous partageriez légalement tous les avantages de ma nouvelle position, aussitôt que je serais reconnu en qualité d'héritier unique des familles de Sampierre et Paléologue. Je pense que ce serait un joli parti pour vous.

— Et que deviendrait le numéro 1 ?

— Je me chargerais de tout ce qui le concerne.

Laure songeait.

— Donat, dit-elle après un silence, vous allez monter en voiture sur-le-champ et vous rendre à ma maison de Ville-d'Avray. Vous y trouverez les n°s 2 et 3... et d'autres encore. Soyez discret et que votre obéissance me fasse oublier vos péchés. Votre proposition est raisonnable, je demande le temps d'y réfléchir.

— Réfléchirez-vous longtemps, madame ?

Du revers de ses doigts, Laure lui effleura la joue.

— Quel amoureux ! dit-elle. Un peu de patience : cette nuit verra du nouveau... allez, Donat, je vous aurai rejoint dans une heure.

II

DEUX BONNES LAMES

Vincent Chanut était de ces hommes qui ne s'ennuient jamais. Pour passer son temps agréablement, il n'avait pas même besoin des *Sept parfums du sanctuaire*, ni du *Jardin de la controverse ;* ses petits papiers lui suffisaient, il portait sa joie dans sa poche, et, dès qu'il avait une minute, il égrenait son chapelet d'informations avec un plaisir toujours nouveau.

Ils sont rares, les heureux qui réalisent pour leur propre usage les poétiques imaginations de Charles Fourrier, ce vaste génie, si mal connu, dont la formule appliquée mettrait fin tout d'un coup aux misérables agitations de notre siècle. Chaque créature humaine, dit-il, a sa vocation et chaque vocation a sa créature : cela ressort de la toute-sagesse de Dieu. Il ne s'agirait donc que de trier parmi les grandes dames celles qui ont des instincts de cuisinières et parmi les cochers ceux qui se résigneraient à être ducs. C'est une affaire de soins. Et une fois que tout Belleville serait inscrit à la Salle des croisades, le monde irait, soyez certains de cela.

M. Chanut était né policier, comme le grand Condé, général d'armée. Il avait eu son Rocroy aux environs de ses dix-huit ans, ainsi que nous avons déjà pu le dire et, déjà revêtu de la dignité d'agent auxiliaire (n° 17), il s'était promené dans les dessous de notre histoire dès le temps où elle déroulait ses premières scènes à l'hôtel Paléologue.

Depuis lors, à l'exemple de tous ceux de son métier, il avait été mêlé à une innombrable quantité d'aventures publiques et privées où son sang-froid professionnel coudoyait toutes sortes de passions, où son paisible caractère passait à travers les drames les plus violents, où son honnêteté, j'allais dire sa candeur, vivait de pair à compagnon avec le crime.

La salamandre est au frais dans le feu. M. Chanut savait, assurément, le monde sur le bout du doigt, et, mieux que n'importe quel romancier ; mais c'était une science d'État, et qui ne tirait les conséquences, ni en long, ni en large. Il était limier par instinct, en dehors de toute philosophie. Il ne croyait pas aux calculs déductionnistes des charlatans américains et anglais qui essayent d'idéaliser la *détection*, et de remplacer le témoignage des sens par des probablités algébriques.

Sans mépriser le raisonnement, il allait vers les faits. Sa force était dans sa mémoire.

La veille, nous nous en souvenons, Vincent Chanut s'était promis de placer le capitaine Blunt en face de la Française, dont le portrait avait fait naître chez le frère du vicomte Jean une si profonde émotion.

Depuis ce moment-là, l'ancien inspecteur avait travaillé sans relâche. Il était content de lui-même, et pensait être armé de toutes pièces. L'*Observation* est aussi une science exacte; M. Chanut arrivait chez Laure sûr de son fait, comme Herschel lorsqu'il agrandissait le télescope pour fouiller le vide apparent où il devinait sa planète invisible.

En entrant, M. Chanut s'était dit : « Voilà la tanière, la bête est là, prenons l'affût. »

L'extrême décence de la maison ne l'inquiétait point, l'air ultra respectable de la vertueuse Hély ne lui inspirait aucun doute. Une fois assis au petit salon, et malgré la longueur de l'attente, il n'eut pas une minute d'impatience entre ses réflexions et ses petits papiers. Mme la baronne de Vaudré était « la Française » voilà le fait acquis : la porte, en s'ouvrant tôt ou tard, allait lui montrer l'original de la miniature laissée par l'ancien chercheur d'or, Arregui.

La porte s'ouvrit. Il a été donné à chacun de vous, sans doute, d'admirer, au moins une fois en sa vie, une vraie comédienne. Je dis ceci par politesse et pour ne froisser personne, car elles sont rares. Celles de théâtre (il y en a de magnifiques) ont à leur disposition des moyens matériels que l'art du costumier, l'art du coiffeur et l'art du peintre sur peau combinés avec l'éclairage d'une part, avec l'éloignement perspectif de l'autre, peuvent pousser jusqu'à la toute puissance.

Nous ne parlons pas ici de celles-là, mais bien des autres qui ne montent pas sur les planches : de celles qui jouent leur rôle à bout portant, sous la lumière du soleil, et qui n'ont d'autre ressource que leur génie.

Quand Laure entra, la bonne Domenica aurait vainement cherché en elle « sa chérie », la gracieuse femme toute brillante de charme et de jeunesse dont nous avons pu dire en toute vérité qu'elle se donnait trente ans, mais qu'elle n'en paraissait pas vingt-cinq. Par un coup de baguette, le portrait de Mme L. de V., si remarqué au dernier Salon, était devenu un effronté mensonge, et quant à la miniature d'Arregui, il n'en fallait même pas parler.

Et pourtant, Arregui avait dit : « C'est ressemblant comme deux gouttes d'eau, vous la reconnaîtrez entre mille ! »

On peut affirmer que Vincent Chanut en avait vu bien d'autres, et cependant, au premier moment, l'idée lui vint que Mme la baronne, craignant de se montrer à lui, s'était fait remplacer par quelque dame de confiance, encore plus « convenable » et mieux confite en méthodisme que l'austère Hély.

C'était du reste le même genre qu'Hély : une brebis du saint Nicholas Daws, mais d'un étage évidemment supérieur, parvenue au quatrième, ou même au cinquième ordre de purification.

Comment cette métamorphose s'était-elle produite ? Il n'y avait aucun changement appréciable dans la toilette décrite par nous au début de l'entrevue de ce matin, entre Domenica et sa *belle petite ;* la coiffure seule avait été refaite à la hâte et sans aucune affectation d'austérité. On n'avait même pas ajouté de bonnet pour rendre le front maussade, ni de guimpe pour crier : « Voyez jusqu'où monte ma pudeur ! »

Il n'y avait rien par le fait, sinon la comédienne elle-même et son prodigieux mérite. Sa volonté la transformait dans une mesure très large, mais en même temps très sobre, sans invraisemblance ni choc, par la simple suppression des prestiges qui étaient le fruit de son art, aidé par l'étrange et longue complicité de la nature. Elle était belle à cette heure comme le sont les belles femmes ayant passé quarante ans, tristes de leur jeunesse perdue, et réfugiées aux étages les plus inaccessibles du sérieux.

Elle salua M. Chanut avec une bienveillance grave et l'invita du geste à se rasseoir en disant :

— Je vous demande pardon de vous avoir fait attendre.

— C'est bien à madame la baronne de Vaudré que j'ai l'honneur de parler ? demanda Vincent Chanut respectueusement.

— Oui, répondit Laure qui s'assit à son tour.

Elle tira de sa poche la carte de Vincent, qu'elle relut attentivement, puis elle releva sur lui son regard.

— Tout d'abord, dit-elle, je vous remercie de l'empressement que vous avez bien voulu mettre à répondre à mon appel. C'est ce matin seulement que je vous ai écrit...

— Permettez, interrompit Chanut, je n'ai pas eu l'honneur de recevoir votre lettre.

Laure examina de nouveau la carte et laissa paraître une nuance d'embarras sur son visage.

— Les deux noms qui sont là, murmura-t-elle Laura-Maria et Tréglave, se trouvaient également dans ma lettre ; cela m'a fait croire que vous étiez le célèbre M. Chanut.

On peut trouver des gens qui ne boivent jamais entre leurs repas, il y en a même encore quelques-uns pour résister à la contagion du cigare, mais je n'ai jamais rencontré celui qui refuse un petit verre de gloire. Vincent eut un sourire entre cuir et chair.

— Bien pauvre célébrité, madame la baronne, répondit-il, mais enfin, telle qu'elle est, je ne puis la renier : Je suis l'ancien inspecteur Chanut, et si je n'ai pas écrit mon nom tout entier sur ma carte, c'est que, généralement, la célébrité dont nous parlons ici, ferme pour moi plus de portes qu'elle n'en ouvre. Quant aux deux autres noms, Laura-Maria et Tréglave, en les inscrivant sur ma carte, je n'ai fait qu'obéir aux ordres exprès de mon client.

— Celui qui vous envoie vers moi ?

— Oui, madame la baronne.

— Alors, monsieur Chanut, au lieu de vous interroger comme je l'espérais, c'est moi qui vais subir un interrogatoire ?

— Madame, je vous prie de remarquer que je suis dépourvu de tout caractère officiel. Je gagne mon pain en dehors de l'administration, et, je puis le dire, sous l'œil très sévèrement ouvert de l'administration. Je n'interroge pas, je m'informe. La bonne volonté seule me répond. J'ajoute que me voici tout porté pour prendre vos ordres, au cas où il vous conviendrait de m'accorder votre confiance. Comme je ne venais pas ici en adversaire, rien ne me défend (du moins, jusqu'à plus ample informé) de prendre en main vos intérêts. Je tiens boutique.

Laure tournait et retournait la carte entre ses doigts.

— Qui va commencer ? demanda-t-elle tout à coup.

— Vous, si vous voulez; moi, si vous le désirez, répliqua M. Chanut : A votre volonté.

Laure hésita pendant le quart d'une minute.

— Il y a ici, dit-elle, en chiffonnant le carton qu'elle tenait à la main, une chose très extraordinaire : « De la part du vicomte Jean de Tréglave. » Ma croyance est que le vicomte Jean est mort.

— Un mort peut laisser des instructions, repartit Vincent, et alors le mandataire du mort parle régulièrement en son nom.

— Etes-vous donc le mandataire de feu le vicomte Jean ?

— Non, madame.

— Pouvez-vous me nommer votre mandant ?

M. Chanut salua, et répondit :

– Envers nos clients, madame la baronne, le premier de tous nos devoirs est la discrétion.

— C'est juste, fit Laure. M'est-il au moins permis de vous demander pourquoi votre note porte cette double mention : « A Laura-Maria. »

— Parce que, répliqua Vincent, celui qui m'envoie vers vous ne connaît pas Mme la baronne de Vaudré.

— Et il connaissait Laura-Maria ?

— Oui, madame.

— Et il prend Mme la baronne de Vaudré pour Laura-Maria ?

Cette dernière question, prononcée à voix basse, fut accompagnée d'un pâle et triste sourire.

Vincent Chanut s'inclina en signe d'affirmation.

C'était un assaut de premier ordre : deux joûteurs, engageant le fer avec une prudence consommée et une science parfaite. Laure venait de marquer la première feinte. Chanut tenait sa garde comme s'il n'eût pas même soupçonné le coup.

L'ardente curiosité éveillée en lui par la dernière parole de Laure n'alluma rien dans la fixité paisible de sa prunelle.

— Moi, reprit la baronne en changeant de main, dans ma lettre que vous n'avez pas encore lue, je vous parlais aussi de Laura-Maria et de M. de Tréglave, mais ce n'était pas du vicomte Jean... Avez-vous rencontré Mme de Sampierre à la porte de chez moi, tout à l'heure ?

— J'ai cru reconnaître Mme la marquise.

— C'est pour elle... j'entends, c'est dans son intérêt que j'ai eu la pensée de m'adresser à vous. Nous cherchions un homme à la fois très honnête et très habile...

Laura s'arrêta, M. Chanut salua.

— Ma sœur était bien plus Parisienne que moi, reprit Laure, c'est peut-être elle qui m'avait parlé de vous dans le temps.

— Dois-je comprendre, dit Vincent, que madame la baronne est seulement la sœur de Laura-Maria ?

— Seulement ! répéta Laure avec un soupir, n'est-ce pas assez ?... Il n'en faut pas davantage pour gâter une existence, monsieur Chanut... mais nous allons revenir à tout cela. Veuillez m'apprendre le motif de votre visite.

— Volontiers... J'ai mes notes.

M. Chanut mania ses papiers comme un jeu de cartes et dit :

— C'est un simple renseignement et qui ne vous prendra pas une minute. Voici la note. Je suis chargé de vous demander... mais si vous n'êtes pas Laura-Maria, je suppose que ma démarche va rester sans résultat. Enfin, n'importe. Je suis chargé de vous demander si vous connaissez ou si vous avez les moyens de connaître le sort final du nommé Arregui (Antonio-Jose), Mexicain de naissance, âgé de quarante-cinq ans environ, taille un mètre quatre-vingts centimètres, brun, cicatrice légère au-dessus de l'œil droit ; parti de New-York pour la France en octobre 1866, avec l'intention hautement exprimée de rejoindre à Paris une dame qu'il désignait (peut-être indûment) sous les noms de Maria Strozzi et aussi Laura-Maria et dont (je parle dudit Arregui) on n'a pas eu de nouvelles depuis le 21 avril 1867, présente année.

III

ENTENTE PARFAITE

M. Chanut avait défilé ce chapelet d'indications la tête penchée sur sa note qu'il consultait en parlant. Quand il se redressa pour regarder Laure, il vit qu'elle avait des larmes plein les yeux.

— Madame, dit-il, je vous répète que je n'ai absolument aucun droit légal vis-à-vis de vous. Il vous est loisible de laisser ma question sans réponse, et je vous demande pardon...

Elle l'arrêta d'un geste.

— Il y a quelque chose de plus fort que le droit, murmura-t-elle, c'est la nécessité. Je ne refuse pas de vous répondre : je ne peux pas vous refuser. Entre la question que vous me posez et celle que je vais vous adresser moi-même, il existe je ne sais quelle connexité qui mêle évidemment nos intérêts. Aussi, tout ce que je sais, vous allez le savoir; mais j'ai beau faire, je ne puis garder l'apparence de la résignation quand on me parle de cette malheureuse, de cette chère créature qui a été la douleur de toute mon existence.

Elle porta son mouchoir à ses yeux et continua d'une voix profondément émue :

— Maria! ma sœur! celle qui fut un jour la joie angélique du foyer de notre mère! Je la vois encore, malgré les ans écoulés, je vois son sourire brillant et si doux, j'entends sa chanson chérie! Mon Dieu! comme nous l'aimions! Quand notre mère mourut, j'étais la plus âgée et je gagnais déjà ma vie à instruire les enfants d'une famille américaine. Ma sœur, qui était restée en Europe, tomba sous la tutelle du frère de mon père, le docteur Strozzi...

La physionomie placide de M. Chanut s'épanouit. Laure s'interrompit pour dire :

— Vous savez ces choses peut-être aussi bien que moi, peut-être mieux : j'en suis contente. Cela vous met à même de voir à quel point ma bonne volonté est sincère. Le docteur Strozzi, sans respect pour le nom qu'il portait comme nous, dressa ma sœur au métier de somnambule. Il alla plus loin...

— Madame la baronne, interrompit Chanut avec bonté, vous vous imposez une souffrance inutile. Je cherche un renseignement sur Antonio Arregui, voilà tout.

— Et moi, s'écria Laure, je cherche un renseignement sur ma sœur, et sur une chère enfant qui m'intéresse encore plus que ma sœur, car je suis seule ici-bas, et il me semble que je serais sauvée si j'avais à protéger, à aimer le seul être qui ait dans ses veines une goutte du sang de mes aïeux! Je vous l'ai dit : votre route et la mienne se côtoient; elles se rejoignent. Si le docteur Strozzi fut le mauvais génie de ma sœur, un Tréglave, Laurent de

Tréglave, faillit la relever au rang d'où jamais elle n'aurait dû déchoir. Maria aimait Laurent, mais la fatalité se mit entre elle et lui. Il y eut un crime hideux : l'oncle abusa de sa nièce, et Maria écrivit, un jour, à Laurent : « Je suis morte pour vous... »

— Cela nous mène-t-il à Arregui ? demanda M. Chanut doucement.

— Tout droit. Maria traversa la mer et alors commença pour elle une vie d'aventures. Je la vis à son passage à New-York ; comme elle était changée, mon Dieu ! Je voulus la retenir, mais elle allait à son destin. Elle avait appris que les deux frères de Tréglave étaient au pays d'or. Une force irrésistible l'y entraînait... Que vous dire !

« Après avoir été victime, fut-elle coupable ?

« Cet Arregui devint son maître. Un jour, au désert, elle risqua sa vie, mais en vain, pour sauver celle du vicomte Jean, le frère de Laurent, que les compagnons d'Arregui avaient condamné à mort...

La baronne s'arrêta. M. Chanut la couvrait d'un regard placide.

C'est la troisième fois que nous voyons revenir cette histoire qui nous fut contée d'abord par M. Chanut lui-même chez le capitaine Blunt.

Pour sa part, cette belle Laure nous en a fourni déjà deux versions dissemblables, dans chacune desquelles un atome de vérité se mêlait à des flots de mensonges.

Elle reprit :

— Le reste se peut dire en deux mots. Dans l'intervalle, je m'étais mariée et j'étais devenue veuve. Maria, prise d'horreur pour son passé, se réfugia près de moi à Paris; elle se croyait bien cachée, mais cet Antonio Arregui trouva sa trace, et Maria s'enfuit.

— Connaissez-vous sa retraite ?

— Je désire la connaître. Nous la chercherons ensemble. Quant à Antonio Arregui, je sais qu'il est retourné en Amérique.

— Ah ! fit M. Chanut.

Laure ajouta :

— Il m'a écrit de San-Francisco.

Vincent rassembla aussitôt ses papiers et les remit dans sa poche, d'où il tira un volumineux calepin, lequel gardait à peine quelques pages blanches. Vincent choisit une de ces pages, mouilla sa mine de plomb, la suspendit en arrêt et dit :

— Madame la baronne, j'ai l'honneur de vous remercier. Veuillez me donner vos ordres, je vais prendre mes notes pendant que vous parlerez.

Depuis quelques minutes, Laure l'examinait avec un redoublement d'attention. Ce brave Vincent avait quand il voulait le plus parfait visage de bois qui se puisse imaginer. Nous ne dirons pas que sa physionomie exprimait la crédulité; non, il avait tout uniment dans les yeux cette indifférence parfaite de l'observateur par état qui a fait sa question, qui a reçu sa réponse et qui dort là-dessus.

Laure interrogea la pendule qui marquait deux heures et demie.

— Je serai brève, dit-elle, le temps me presse désormais... Vous permettez ?

Elle sonna, Hély se montra et reçut l'ordre de faire atteler sur-le-champ, après quoi Laure reprit :

— Il y a deux choses très distinctes : d'abord l'affaire de madame la marquise dont je vous parlais aussi dans ma lettre. Je n'ai pas à vous expliquer le problème qu'on veut résoudre à l'hôtel de Sampierre, Paris tout entier le connaît.

Il a été fait, on peut le dire, des efforts immenses, mais très mal dirigés et qui ont abouti à néant. La seule indication féconde a été fournie par Maria, ma pauvre sœur : Domenico de Sampierre existait en septembre 1862 ; il était aux mains de Laurent, cadet de Tréglave, et tout porte à croire qu'à cette époque ils ont tous les deux changé de nom.

M. Chanut écrivait, Laure continua :

— Je suis autorisée à vous dire que si vous trouviez la trace de M. de Tréglave et du jeune comte Domenico, vous seriez riche.

— Ce qui signifie en chiffres ? demanda Chanut.

— Je garantis une somme de cinquante mille francs et vous pouvez marchander.

— En vingt ans, dit Chanut, j'ai mis de côté à peu près douze cents francs de rentes ; vous jugez si je vais faire de mon mieux... m'est-il permis de glisser un petit *erratum* ? J'ai omis tout à l'heure d'aborder un sujet assez délicat, et pour lequel je vous demande toute votre indulgence. Au temps où décéda le vieux prince Michel Paléologue, il fut dit que cette jeune Maria Strozzi avait essayé en vain de faire valoir certains droits, fort réels, mais non reconnus par la loi...

— Monsieur Chanut, interrompit Laure avec une fierté austère, je vous ai livré le passé de ma sœur, mais tenez-vous ceci pour dit : en toute ma vie, je n'ai connu qu'une vraie sainte, c'est ma mère. Ni Maria, ni moi, nous n'avons aucun droit d'aucune sorte à l'héritage d'autrui.

— Cependant, voulut insister Vincent, un souvenir qui m'est personnel...

Laure l'arrêta encore, disant :

— Je vous rappelle que le docteur Strozzi avait fait de ma sœur son esclave et que les gens comme lui sont capables de toutes les supercheries.

Vincent se tut et reprit son carnet. Laure poursuivit :

— Pour ce qui regarde mon affaire privée, celle qui m'avait principalement donné le désir d'entrer en relations avec vous, ma modeste aisance est hors de toute proportion avec l'opulence de la princesse marquise : je vous offre vingt-cinq louis pour vous mettre en campagne et trois mille francs si vous réussissez.

— A quoi ? demanda Chanut. Précisons la besogne.

— Elle est malaisée, je le crois, dit Laure qui, malgré toute son habileté, ne put dissimuler un embarras léger. Le temps écoulé est si long ! Il y a dix-huit ans, quand ma sœur quitta la France pour la première fois, elle laissait derrière elle un enfant.

— De quel sexe ?

— Une petite fille.

— A Paris ?

— Non. L'enfant était en nourrice dans le pays de notre famille, chez une paysanne des Hautes-Pyrénées aux environs d'Argelès.

— Avez-vous le nom de cette paysanne ?

— A cet égard, dit Laure en lui tendant un papier, voici toutes les indications que vous pouvez souhaiter.

M. Chanut jeta un regard sur la note et demanda :

— Y a-t-il eu des démarches de faites ?

— Oui, plusieurs.

— Ont-elles eu un résultat ?

— Un mauvais résultat. La paysanne vit encore, mais elle refuse tout renseignement. Ses voisins disent qu'une dame, une étrangère, vint la voir vers l'année 1851, et lui donna beaucoup d'argent pour avoir la petite fille...

— Et cette dame avait nom ?

— Seule, la nourrice pourrait la faire connaître.

— Est-ce tout ?

— C'est malheureusement tout.

M. Chanut ferma son calepin.

— On peut essayer, dit-il.

Laure se leva. Sa joue, tout à l'heure, si pâle, avait du sang sous la peau. Elle tendit à M. Chanut un billet de cinq cents francs que celui-ci mit dans sa poche.

— Monsieur, dit-elle, désespérant de cacher son émotion et tâchant du moins de l'expliquer, j'ai confiance absolue en votre habileté. Cette enfant est ma nièce et vous savez que je suis seule...

horriblement seule ! Je mets entre vos mains le dernier espoir de ma vie. Je l'adopterais, elle serait ma fille, et ma reconnaissance ne se bornerait pas à remplir l'engagement que je viens de prendre envers vous.

Chanut s'était levé à son tour et Laure avait fait un pas déjà pour le reconduire vers la porte.

— De mon habileté, répliqua-t-il bonnement, je ne peux rien dire ; je réponds seulement de mon zèle. J'ai envie de vous faire une dernière question, madame la baronne.

— Faites, dit Laure.

Il s'était arrêté en la regardant fixement.

— Ou plutôt, continua-t-il de vous adresser une humble requête. Vous êtes à même de me rendre un service.

— Parlez.

— Un grand service. Mon client, celui de mes clients qui m'a envoyé vers vous, ambitionne l'honneur de vous être présenté.

— Eh bien ! qu'il vienne dit Laure en souriant. Est-ce là ce grand service !... Comment l'appelez-vous, le client ?

— Voilà précisément où le bât nous blesse, répliqua Vincent : je n'ai pas mission de vous révéler son nom.

Le sourire de Laure disparut.

— C'est singulier ! dit-elle.

— Si singulier, reprit M. Chanut, que je n'osais pas risquer ma pétition.

Ils étaient debout en face l'un de l'autre. Vous

eussiez mis une couronne de rosière sur le front de M. Chanut, tant il avait l'air innocent. Quant à Laure, sa physiomie n'exprimait que l'étonnement frivole d'une femme du monde se heurtant à « quelque chose qui ne se fait pas. »

C'était ici l'apparence. Le vrai, c'est que les deux champions jouaient *la belle* qui termine régulièrement tout assaut d'armes. Leurs fers croisés se touchaient, se croisaient et frémissaient.

— Mon cher monsieur Chanut, dit Laure avec bonhomie, je ne suis pas une bien grande dame, et je puis mettre de côté l'étiquette, pour une fois. Je recevrai votre anonyme quand vous voudrez.

— Ce soir ? demanda M. Chanut.

Laure se mit à rire.

— Peste ! fit-elle, vous ne perdez pas de temps ! Ce soir, je ne m'appartiens pas, mais demain...

— Demain donc, madame la baronne, dit Vincent qui passa la porte, et veuillez accepter tous mes remerciements bien sincères.

IV

FIANÇAILLES DE M. CHANUT

Mme la baronne était réellement très pressée ; car elle avait une longue route à faire. Cependant, elle resta immobile, et les sourcils froncés, devant la porte refermée par où M. Chanut venait de s'éloigner. Il y avait des rides à son front, et les sourcils rapprochés disaient le travail de sa pensée.

— Il m'a entamée! murmura-t-elle, et je n'ai rien tiré de lui!

Hély entr'ouvit la porte, annonçant que la voiture attendait. Laure la renvoya d'un geste.

— Demain! dit-elle encore. C'est le dernier acte du drame, je sens cela. Qui sait ce qui se passera d'ici à demain? Pourquoi ai-je peur? Ce nom d'Arregui a-t-il été prononcé au hasard? ou bien quelque fantôme va-t-il sortir de terre?

Elle secoua la tête brusquement.

— Il y a loin jusqu'à demain, fit-elle, et la partie doit être jouée cette nuit!

Elle alla rejoindre Hély qui lui dit en drapant le mantelet de soie sur ses épaules :

— Je m'y connais : madame la baronne vient de ecevoir quelque heureuse nouvelle.

Laure répondit :

— On ne peut rien vous cacher, ma bonne ! Je suis, en effet, toute joyeuse. Prenez votre liberté jusqu'à ce soir, je reviendrai m'habiller pour le bal de l'hôtel de Sampierre.

— Ma liberté ! repartit Hély non sans une pointe de reproche, madame la baronne sait bien que je n'ai qu'une joie : nourrir mon esprit par la lecture et la méditation...

Laure descendait déjà l'escalier. Quand elle franchit la porte cochère, demi couchée gracieusement dans sa voiture découverte, elle éblouissait de jeunesse et de beauté.

Hély, demeurée seule, procéda sans retard à la nourriture de son âme. Dans la purification consolidée et concentrée, elles savent toutes préparer le *Holy-Rod* ou Rosée céleste. C'est un julep rafraîchissant qui se fait avec du madère, du sucre, de la cannelle, du romarin, un clou de girofle, une pincée de poivre et du genièvre qu'on peut remplacer par une pinte de rhum. Les « piliers dans Israël » ont de l'amitié pour ce breuvage ; il les porte à la méditation.

Pendant que la casserole chauffait, Hély suspendit une serviette à l'appui de la croisée. Si c'était un signal, soyez sûrs qu'il ne pouvait appeler que les anges.

Il en vint un qui appartenait au train d'artillerie.

La rue Saint-Guillaume, comme on sait, donne par son encoignure sur un passage muni d'une grille et nommé la rue Neuve de l'Université.

En dedans du passage, un fiacre, attelé de deux grands vieux chevaux, stationnait. Il semblait vide, les portières en était ouvertes.

Sur le seuil de l'allée voisine, un brave homme en manches de chemise fumait sa pipe paisiblement.

Quand Laure passa, dans sa voiture, elle jeta au fiacre un rapide regard. Elle se dressa même à demi pour plonger de plus haut et put constater que l'une et l'autre banquettes étaient inoccupées.

Evidemment, elle s'était attendue à découvrir quelqu'un dans ce fiacre.

Et, bien qu'elle n'y eût vu personne, ce fiacre continuait de la préoccuper, car elle se retourna plusieurs fois pour le regarder.

Au moment où elle allait quitter le passage pour déboucher dans la rue de l'Université, elle crut voir le cocher rassembler ses chevaux.

Un fiacre est fait pour marcher. Au fond, c'était la chose la plus simple du monde, mais cette belle Laure venait d'un pays où la guerre se fait à la loupe. Dans le désert américain, l'indice le plus frivole en apparence raconte quelquefois toute une longue histoire.

Le fiacre, pour elle, c'était Vincent Chanut, c'est-à-dire un espion.

Pour nous autres naïfs, un fiacre-espion a ses stores baissés qui le dénoncent comme des lunettes vertes trahissent le déguisement d'un jaloux. Mais Laure n'aurait pas craint M. Chanut derrière des stores baissés. Les stores baissés lui aurait dit au contraire : « M. Chanut n'est pas là. »

Elle rendait justice à son adversaire et n'attendait point de lui la botte enfantine que tout le monde sait porter.

Et voyez ! Laure ne se trompait pas en soupçonnant le fiacre. A peine eut-elle dépassé le fiacre, que le cocher descendit de son siège et entra dans l'allée de la maison voisine où il jeta son carrick sur les épaule du fumeur en manches de chemises qu'il coiffa de son chapeau.

Cet homme redevint ainsi le cocher, tandis que le cocher redevenait Vincent Chanut, qui se glissa aussitôt dans le fiacre.

— C'est de *filer* cette jolie voiture-là à la douce, dit-il au vrai cocher qui remontait sur son siège... Allume, Chopé, ma vieille !

— La petite dame a une crâne jument, répondit Chopé, mais on va bien voir !

Je penche à croire que ce fiacre, son attelage, en apparence lamentable et son cocher Chopé faisaient partie du mobilier industriel de l'établissement Chanut, car celui-ci, ayant relevé le coussin du siège de derrière, puisa dans le coffre comme il eût fait dans son armoire, et en retira divers objets : entre autres une perruque noire et une superbe cravate de soie bleue.

D'un autre côté, les deux grandes rosses efflanquées, après avoir tourné péniblement, se mirent à allonger comme des tigres, au premier coup de fouet de Chopé.

En atteignant la rue de l'Université, M. Chanut fit prendre à gauche, et mit la tête à la portière. Il vit la voiture de Laure à la hauteur de la rue de Beaune.

— La reconnais-tu ? demanda-t-il.

— Parbleu ! répondit Chopé ; c'est celle de Ville-d'Avray, et vous allez en conter à la payse, vous ?

M. Chanut dit en riant :

— Ouvre l'œil et ne la perds pas de vue. Nous ne savons pas encore, bien au juste, où nous allons.

A la rue de Bourgogne, la voiture de Laure gagna le bord de l'eau et prit le quai d'Orsay. Chopé dit, avant de dépasser le pont :

— Il n'y aura pas épais de voitures ici le long de l'eau, et la dame se retourne souvent. Des yeux comme ça, çà doit voir aussi loin qu'une jumelle !

— Passe la rivière, ordonna M. Chanut ; tu la veilleras aussi bien de l'autre côté.

Les équipages ne sont jamais bien nombreux sur cette mélancolique et belle route qui va du palais Bourbon au Champ-de-Mars. Quand Chopé eut filé au grand trot le pont de la Concorde et pris le cours la Reine, la charmante chaise découverte de Mme de Vaudré se montra presque seule, atteignant déjà l'esplanade des Invalides.

Une ou deux fois encore, on put voir Laure se retourner pour jeter un regard par-dessus la capote rabattue, puis elle ne bougea plus.

— La petite dame se dit comme ça, grommela Chopé : « Enfoncé le sapin ! il n'a pu tenir ! » C'est des bêtes de Saint-Brieuc, ma poule, et moi aussi, un peu ruinés tous trois, mais si on voulait, on éreinterait encore, à la longue, tous les Malbroucks de Longchamps, qui n'ont que trois lieues dans le ventre, à la fois.

Il tint en bride, parce que la voiture de Laure tournait le pont de l'Alma.

— Vire! ordonna M. Chanut.

Laure jeta un dernier regard paresseux vers le quai de Billy et ne remarqua même pas ce fiacre lointain qui semblait retourner à Paris.

M. Chanut, lui, ne perdait pas de vue la plume gris-de-perle qui flottait sur le chapeau de la baronne. Au bout d'une minute, le fiacre fit une seconde évolution et suivit de nouveau la chaise qui glissait rapidement vers Passy.

— Maintenant vieux, dit Vincent, nous sommes fixés : tu peux marcher à volonté.

— A Ville-d'Avray, alors? par Auteuil, Boulogne et Saint-Cloud?

— Non pas : le Point-du-Jour et Sèvres! Tu t'arrêteras au poteau, cordon de l'Ouest, dans le bois de Fausse-Repose.

— A l'endroit du domestique sans place, hé? dit Chopé en riant.

Au lieu de répondre, M. Chanut ferma les deux stores.

— Bon! pensa Chopé, le patron va faire son bout de toilette!

Et la route se poursuivit silencieusement. Il était environ quatre heures du soir quand le fiacre s'arrêta au lieu indiqué, en plein bois. Pendant que Chopé mettait le nez de ses chevaux dans leurs sacs, d'avoine, la portière ouverte donna passage à un bon gros gaillard, coiffé d'une forêt de cheveux noirs, habillé de drap fin qu'il portait mal et dont la cravate bleu de ciel était piquée d'une superbe épingle aussi décorative que la croix d'honneur.

Chopé avait parlé de *payse* et de *domestique sans place;* M. Chanut, à l'aide de changements peu nombreux, mais savants, s'était donné la tournure classique d'un valet de chambre, bonne qualité commune, déguisé en bourgeois pour avancer ses affaires d'amour.

La cravate bleue surtout et l'épingle qui représentait un sabot de cheval faisaient glorieusement illusion. Aucun connaisseur n'aurait pu le rencontrer sans se dire : « Voilà Baptiste qui va où son cœur l'appelle ! »

Chopé, tout blasé qu'il était sur ces métamorphoses féeriques, ne put s'empêcher de rapprocher ses deux grosses mains comme font les délicats du théâtre Italien, quand ils applaudissent à la muette.

M. Chanut alluma un magnifique londrès sans défauts, car Baptiste congédié fume encore pendant trois mois le souvenir de son maître, et disparut au coin de la rue en jouant avec le stick perdu que « monsieur » a tant regretté, le stick qui a pour pomme la tête du cheval dont l'épingle est la patte.

Le jardinier-concierge de madame Marion reçut Baptiste avec cette franche et hospitalière cordialité des gens qui offrent le bien d'autrui. Jules lui-même, l'épagneul mâtiné, montra par ses caresses qu'il reconnaissait en Baptiste quelqu'un de la partie.

— C'est mignon à vous, dit le père Cervoyer en mettant sur la table une bouteille qu'il n'avait pas achetée et deux verres qu'il avait conquis : malgré que je ne devrais pas vous remercier de la visite, puisque vous venez pour Mlle Félicité. Elle en tient, vous savez ? Elle ne jure que par vous. C'est sage comme une image et ça a des économies... A la vôtre !

Baptiste goûta l'eau-de-vie.

— Jolie, dit-il.

— Sept ans de cave, chez moi ! Ça vient du cinquième avant-dernier locataire. J'en ai déjà de Mme Marion ; mais on ne la boira qu'à son tour.

— Là, vraiment, père Cervoyer, dit Baptiste d'homme à homme ! pensez-vous qu'il faut sauter le pas, au vis-à-vis de Mlle Félicité ?

Papa Cervoyer, pris ainsi par les sentiments, donna un coup de pied caressant à Jules et répondit :

— Moi, elle m'irait. Je sais qu'elle a du Turc pas mal et du Foncier... Voulez-vous qu'on lui soutire l'addition avec délicatesse ? Baptiste lui serra la main chaudement.

— Et va-t-on la voir un tantinet ? demanda-t-il.

— Aujourd'hui, pas beaucoup, je vas vous dire : Il y a du monde. Madame vient d'arriver ; les autres l'attendaient depuis midi. Vous savez, c'est d'abord les trois de la fameuse nuit qu'on n'a jamais su par quelle cheminée ils étaient entrés dans la baraque ; il y en a ensuite un gros, mais gros, gros ! que je n'ai pas encore vu et qui a été apporté par un soldat de la ligne. Il fume sa pipe au jardin, j'entends le soldat; Jules l'a mordu, n'aimant pas le militaire. Alors donc, comme M. Germand, le valet de chambre, est à Paris, avec permission de minuit, Mlle Félicité se trouve seule pour servir la société.

Baptiste écoutait de toutes ses oreilles, mais il en avait si peu l'air que papa Cervoyer dit :

— Mais ça ne vous fait rien, pas vrai ?

— Et qu'est-ce qu'ils manufacturent ensemble, tous ceux-là ? demanda Baptiste.

— Voilà ! peut-être du cirage, peut-être de la politique...

— Et Mlle Félicité ne peut pas quitter, je conçois ça... mais si j'allais la trouver ?

— Ça se peut tout de même... au point où vous en êtes.

— C'est que je ne connais pas bien mon chemin.

Papa Cervoyer cligna de l'œil.

— Je vas vous conduire, dit-il, Retroussez vos manches.

— Compris ! répliqua Baptiste qui obéit en riant. Ce n'est pas à vous qu'on en remontrerait, dites donc ! merci du conseil.

Mlle Félicité était en train de disposer un plateau à grogs, dans la salle à manger, séparée seulement par une porte entr'ouverte du salon où les hotes de Mme Marion tenaient conseil.

— Voici quelqu'un, dit papa Cervoyer, entrebâillant la porte extérieure et montrant les manches de Baptiste relevées jusqu'au coude, qui vient de donner un coup d'épaule à je sais bien qui... pour le bon motif.

Mlle Félicité rougit, sourit à la cravate bleue et remercia l'épingle d'or. Baptiste entra.

L'ennemi était dans la place, et chacune de ses oreilles s'ouvrait déjà, large comme le pavillon d'une trompe de chasse.

Les premiers mots qu'il entendit, en baisant galamment la main de Mlle Félicité, le mirent en goût.

— Laissez parler le père Preux, disait-on ; allez, père Preux !

Et une voix essoufflée répondit :

— Le père Preux vous connaît tous, mes cadets, sur le bout de son petit doigt, mais d'abord, fermez les portes, crainte des courants d'air !

Quelqu'un se leva pour exécuter l'ordre du père Preux qui continua :

— En second lieu, il manque quelqu'un ici : les Cinq ne sont que quatre, et le père Preux ne se déboutonnera pas tant qu'on ne lui aura pas montré le n° 1, ce petit tout en or, qui vaut la Californie.

La phrase fut coupée par la porte qui se fermait bruyamment, et M. Chanut n'entendit plus rien.

V

LA BERLINE

C'était à peu près l'heure où Domenica Paléologue, marquise de Sampierre, abusant de « son fluide », forçait Laure de Vaudré à déchirer pour elle le double voile qui recouvrait le passé et l'avenir. Il n'y avait personne à l'hôtel de Sampierre, du moins en fait de maîtres, et les domestiques festoyaient.

Vous auriez beau chercher, vous ne trouveriez a cun point de comparaison qui pût vous donner une juste idée de ce paradis de la valetaille. On était là si parfaitement en pays conquis que les marauds mâles et femelles n'appréciaient même plus les joies du pillage. On y était blasé sur la paresse et la bombance. On ne dévalisait plus que par habitude et en quelque sorte par devoir d'état.

Il y avait six mois que le chef en chef, M. Hons, mieux payé, pourtant, qu'un colonel, n'avait paru dans les cuisines ; son secrétaire général, M. Teck, ne venait que tous les quinze jours, et M. Kopp, secrétaire de M. Teck, faisait faire sa besogne par un délégué, M. Hart, qui avait sous lui un maître cuisinier, M. Hof, lequel s'en reposait sur M. Spie, son aide. M. Spie avait un lieutenant, le seul Français de la bande, travaillant ferme et mal payé parce qu'il était à la solde de l'invasion.

Ainsi du reste. Nulle parole ne saurait dire le dédain malveillant et universel de ces vainqueurs. Il n'y avait pas un marmiton qui ne regardât la marquise comme une créature d'espèce absolument inférieure. Ces charançons la dévoraient avec mépris, sans goût ; ils lui en voulaient pour cela, et ils l'insultaient la bouche pleine.

Rien n'est au-dessus de la langue poétique, qui peut tout dire, même la gloire des dieux ; mais la langue poétique est forcée de se donner aux chiens quand il s'agit de peindre les énormités de l'antichambre.

On se souvenait cependant d'une époque où les choses marchaient autrement chez la marquise. L'hôtel avait été tenu d'une main sévère au début du majordomat de M. le comte Giambattista Pernola. Szegelyi, le magnifique concierge valaque, disait que M. le comte avait maintenant ses raisons pour fermer les yeux. Il ajoutait :

— Celui-là, au moins, n'est pas un imbécile. Il fait danser quelque chose de meilleur que l'anse du panier, et chaque fois qu'on lui vole vingt francs, il marque vingt louis sur son carnet de coulage. Ça lui servira plus tard pour faire interdire la vieille comme il a fait interdire le vieux. Il a son idée.

La « vieille », c'était notre ancien rêve d'Orient, la pauvre princesse marquise.

Nous savons que Domenica était absente depuis

l'heure de la messe. On avait vu sortir un peu après elle la princesse Charlotte avec son « attendante » Savta, et le comte Pernola n'avait pas paru de la matinée.

Personne au monde ne surveillait le bataillon des ouvriers tapissiers qui tenaient les salons en état par abonnement ; les gens de la marquise ne faisant jamais œuvre de leurs dix doigts.

Nous n'avons pas oublié que, le soir même de ce jour, il y avait grand bal à l'hôtel de Sampierre : bal travesti, malgré la saison.

Cette pauvre bonne Domenica était si triste ! Et il fallait bien amuser un peu princesse Carlotta.

D'ordinaire, le précieux Pernola donnait le coup d'œil du factotum aux apprêts nécessités par chaque fête, mais aujourd'hui nous devons penser que des occupations plus importantes le retenaient loin du logis, car il avait fait atteler, la veille au soir, la berline de famille, et ses deux valets particuliers qu'il laissait derrière lui n'avaient point su dire le but de son voyage.

Ajoutons que, depuis le matin à la première heure, les deux valets du comte Pernola, italiens tous les deux, dont l'un s'appelait Lorenzin et l'autre Zonza, s'étaient introduits dans le pavillon solitaire, situé dans la partie la plus ombreuse et la plus reculée du parc, et dont la fenêtre du père Preux apercevait la façade, à travers les feuillées.

C'était de ce pavillon que le jeune comte Roland avait fait sa demeure pendant les derniers mois de sa vie. Il y était mort. Personne n'y entrait jamais, sauf Pernola lui-même. Une lueur avait été souvent aperçue cependant aux croisées qui donnaient vers le trou Donon, dans les nuits d'hiver.

On disait alors que le maître déchu de l'hôtel de Sampierre et de tant de richesses, le marquis Giammaria (dont pas un serviteur de la marquise n'avait vu le visage depuis des années) avait obtenu par son calme et sa bonne conduite, la permission de passer quelques jours hors de la maison de santé qui qui lui servait de prison.

Et, dans ces circonstances, une clôture en treillages de fer qui enserrait la partie la plus retirée du parc sous prétexte de garder deux paires de gazelles que la fameuse expédition, sous les ordres du vicomte de Mœris, avait rapportées d'Amérique, fermait ses portes avec un soin scrupuleux.

Ordre était donné, en outre, aux gens de service de ne point s'approcher du pavillon.

M. de Sampierre était fou. Nul ne mettait en doute sa folie. De plus, on peut dire que nul ne s'intéressait à cela.

La légende de cette nuit terrible que nous racontâmes au début de notre drame : l'accouchement de Domenica à l'hôtel Paléologue était surabondamment connue. On s'en moquait parmi cette valetaille repue qui encombrait la maison de Sampierre. Tous les marauds et toutes les maraudes qui mangeaient le pain de la marquise étaient blasés à force de rire sur cette aventure où il y avait de la honte et du sang.

La Fontaine l'a dit, résumant d'un seul mot l'histoire de l'humanité : *Notre ennemi, c'est notre maître.* Il n'est même pas besoin de descendre jusque dans les lâches profondeurs des antichambres pour trouver cette joie féroce que provoque, à coup sûr, la souffrance du pouvoir ou l'angoisse de la richesse.

Un million qui pleure, c'est le plus consolant de tous les spectacles après une grandeur qui tombe !

Lorenzin et Zonza, pour la besogne qu'ils accomplissaient dans le pavillon, n'avaient appelé à leur aide aucun des ouvriers employés à l'hôtel. Leurs places restaient vides à la table du déjeuner, quoiqu'on fût au dessert. Et Dieu sait qu'il y avait loin de la première bouchée jusqu'au dessert, dans la salle d'office où les gens de l'hôtel de Sampierre prenaient leurs plantureuses et interminables réfections.

On avait parlé un peu du meurtre commis la semaine précédente, au saut de loup, dans le trou Donon, et qui était déjà une vieille histoire, un peu du voyage de Pernola, un peu des absences fréquentes de princesse Charlotte et un peu de ce Joseph Chaix qui semblait, depuis plusieurs jours, accomplir auprès de Mlle d'Aleix un mystérieux emploi.

Mlle Coralie, première femme de chambre, s'était laissée entraîner à des appréciations peu charitables au sujet des prétentaines (c'était son mot) que courait sa jeune maîtresse.

L'opinion commune, parmi l'honorable assemblée, était qu'il y avait depuis quelque temps anguille sous roche dans « cette grande baraque-là ». On sentait du nouveau dans l'air : menace ou plutôt promesse de malheur.

Au moment où le moins appointé des aides de cuisine, misérable victime condamnée à servir de valet à ces valets, apportait le café, Mlle Coralie qui venait d'allumer une cigarette, disait :

— Je ne voudrais pas tout à fait qu'on mît le feu à la cabane parce que c'est toujours ennuyeux de courir les places, mais j'ai envie que ce monde-là soit un peu secoué pour nous réveiller... tiens ! voilà M. Szegelyi qui arrive avec une figure de circonstance ! Je parie qu'il a pêché des nouvelles ! Bonjour, monsieur Szegelyi.

Elle était toute aimable, ce matin, parce qu'elle avait auprès d'elle un jeune chasseur à tournure d'heïduque qui répondait au nom de Werther et qu'elle traitait avec distinction. Entre eux, cela ressemblait à une lune de miel.

M. Szegelyi, concierge en chef, était un Valaque engraissé qui poussait peut-être au-delà des bornes la gravité orgueilleuse, permise aux fonctionnaires de son importance, mais aujourd'hui une émotion inaccoutumée troublait le rythme de son pas et ses mèches étaient en désordre sous sa toque.

— Reporte la cafetière sur le feu, toi ! ordonna-t-il au marmiton. Vous autres, venez voir quelque chose de drôle !

Tout le monde se leva. M. Szegelyi n'était pas un de ces mauvais plaisants qui dérangent une société respectable pour une bagatelle.

L'idée vint à Mlle Coralie que son souhait avait allumé le feu quelque part.

— Qu'y a-t-il donc? Qu'y a-t-il donc?

Le concierge en chef avait tourné court sans même passer le seuil de l'office. Il descendit le perron de service, suivi par la légion entière des vassaux de Domenica qui demandaient le mot de l'énigme à grands cris.

— C'est d'abord de se taire! fit M. Szegelyi avant de tourner l'angle des communs pour passer dans les jardins. La circonstance est étonnante. Je n'ai encore rien vu de pareil. On savait bien qu'il y venait, pas vrai? J'entends au pavillon. Mais ça se faisait au tapinois, au brun de nuit, sans tambour ou trompette, ni vu ni connu...

— Mais quoi donc? quoi donc? interrompit le chœur au-dessus duquel la voix de Mlle Coralie perçait comme un fifre aiguisé de frais.

— C'est de se taire! répéta le concierge en chef. Il s'agit de M. le marquis qu'on vient de rapporter dans la berline.

— Mort?

Cette question fut faite d'une seule voix par l'*administration* de l'hôtel de Sampierre.

— Ça été ma première idée, répondit Szegelyi, d'autant que depuis un quart d'heure, Lorenzin et Zonza, en grande livrée toute neuve, étaient venus se planter des deux côtés de la porte cochère, en dedans, muets comme des pierres... Mais, regardez voir! On est bien ici pour le coup d'œil.

Ils atteignaient l'extrémité d'une sombre avenue,

formée par quatre rangs de marronniers séculaires et qui allaient en droite ligne de la façade principale à la grille de la rue de Babylone.

A moitié route, se trouvait le Pavillon-Roland (on l'appelait parfois ainsi), caché dans les massifs, mais dont une éclaircie indiquait la place.

Les gens de la marquise se dissimulèrent derrière les gros troncs. Ils pouvaient voir toute la longueur de l'allée où la berline de famille marchait d'un pas de catafalque, entre la grille et l'éclaircie qui désignait l'entrée du pavillon.

Au devant des chevaux allait M. le comte Giambattista Pernola, en habit noir et cravate blanche.

Aux deux portières, se tenaient Zonza et Lorenzin avec leurs grandes livrées. Cela représentait si exactement le maître des cérémonies des pompes funèbres et les deux acolytes du deuil qu'on cherchait involontairement les panaches à la tête des chevaux et les plumails aux quatre coins du char de première classe.

A l'unanimité, les gens de l'office regardaient, les yeux tout ronds et la bouche béante,

— Et le fou est là-dedans? demanda Mlle Coralie.

— C'est de vous taire, répondit pour la troisième fois le concierge en chef.

La berline entrait dans l'éclaircie. Elle s'arrêta.

Le comte Pernola vint se mettre à la portière de droite, c'est-à-dire du côté du pavillon. Zonza qui était à la portière de gauche fit le tour de la berline et ainsi les trois hommes de deuil se trouvèrent réunis.

Le comte Pernola se découvrit. Lorenzin et Zonza l'imitèrent. Un valet de pied, caché par le corps de la berline, vint ouvrir la portière et rabattit le marche-pied avec bruit.

Giambattista s'avança alors, courbé en deux, et prit une main pâle et tremblante qui sortait de la berline.

Tout le monde put le voir baiser cette main avec un respect pieux.

Puis descendit un homme de haute taille, drapé dans un manteau sombre qui laissait voir seulement son visage éclatant comme un marbre et coiffé d'une chevelure plus blanche que la neige.

Il s'appuya sur l'épaule de Pernola qui prit aussitôt le chemin du pavillon, suivi par Zonza, Lorenzin et le valet de pied.

La berline se remit en marche vers les écuries.

— Est-ce assez drôle! demanda Szegelyi.

Une gerbe de questions l'enveloppa aussitôt.

— Allons prendre le café, maintenant, dit-il, je vais vous narrer quelque chose d'encore plus étonnant.

VI

LE CONCIERGE EN CHEF

— Il y a donc, reprit le concierge en chef, quand toute la domesticité de l'hôtel de Sampierre fut assise de nouveau autour de la table d'office où les demi-tasses fumantes exhalaient une redoutable odeur de *gloria*, il y a donc que deux personnes étaient venues dès ce matin à mon bureau demander M. le marquis

J'avais répondu comme de juste : « absent pour cause d'indisposition. »

La première de ces personnes, qui avait l'air de ne pas trop savoir ce qu'elle voulait, est un homme, et un rude homme, même. Il a demandé aussi Mme la marquise. Quand je lui ai dit : « Absente, » il a demandé princesse Charlotte. — « Encore absente. » Pour lors, il a tiré son portefeuille, et j'ai cru qu'il allait me donner sa carte, — ou peut-être la pièce.

Mais, à ce moment, est arrivée la seconde personne ; j'entends la seconde qui venait pour M. le marquis.

Celle-là, vous la connaissez bien, et dame Savta aussi, et aussi princesse Charlotte, qui lui fait censément la charité : c'est la vieille aveugle du trou Donon...

— La Tartare ? interrompit Mlle Coralie.

— Juste ! la belle maman de ce pâlot de Joseph Chaix, qui fait maintenant les commissions de princesse Charlotte, et peut-être autre chose. Jamais elle ne s'était montrée du côté de la grande porte. Elle a dit en entrant, et j'ai reconnu tout de suite l'accent de Giurgevo : « Je veux voir Giammaria de Sampierre. » Vous savez, chez nous, on appelle les gens par leur nom de baptême, surtout les princes.

L'autre s'est retourné, j'entends l'Américain. Vous avais-je dit que c'était un Américain ? Il a regardé l'aveugle et il n'a plus pensé à moi.

Il paraissait fouiller tout au fond de sa mémoire, et il a prononcé tout bas le nom de Phatmi : un nom de chez nous, un nom de Tzigane.

L'aveugle a dressé l'oreille. Ses yeux se sont tournés vers l'Américain comme si elle avait eu la puissance de voir. Elle a marché sur lui. De sa main gauche, elle lui a pris le bras ; de sa main droite, elle lui a palpé rapidement le visage, puis elle a murmuré :

— Tréglave !

— Tréglave ! répétèrent plusieurs voix. C'est le nom de celui qui emporta le petit enfant égorgé dans la fameuse histoire de l'hôtel Paléologue !

— Juste ! fit pour la seconde fois M. Szegelyi, et Phatmi est le nom de la femme de chambre qui lui remit le paquet où était l'enfant.

Le cercle, devenu muet, se resserra.

— Vous entendez bien, n'est-ce pas ? continua le concierge : le paquet où était le petit guillotiné.

Elle commence à se faire vieille, l'anecdote de la rue Pavée. Il n'y a plus personne de ce temps-là, excepté dame Savta. Dame Mitza est morte l'an dernier. Mais quand j'entrai au service de la princesse-marquise, voici quinze ans passés, presque tous les serviteurs de l'hôtel Paléologue étaient encore-là, et je sais la vieille histoire sur le bout du doigt.

Elle a dormi pendant vingt ans, la vieille histoire. Si elle allait se réveiller, dites donc !

— Ce serait tant mieux ! répartit Mlle Coralie : Vive le grabuge !

Ce cri du cœur eut de l'écho tout autour de la table.

— Si on partageait, seulement, reprit Szegelyi, ce n'est pas moi qui empêcherais de casser la tire-lire, mais il n'y aurait rien pour nous... Enfin, voilà : l'aveugle du trou Donon avait l'air de quelqu'un qui va se trouver mal ; elle s'était appuyée à deux mains sur les épaules de celui qu'elle appelait Tréglave, et elle ajouta, si bas que j'eus peine à l'entendre : « Est-ce vous ? Est-ce donc vous ? »

L'autre répondit à haute voix : « Je m'appelle Capitaine Blunt, et j'arrive de Baltimore. » Voilà comme quoi j'ai su qu'il était Américain.

Mais, le cocasse, le voici : A dater de ce moment, ils n'ont plus demandé leur reste. Ils sont sortis ensemble, ils sont montés dans la voiture de remise qui attendait le Blunt dans la rue de Babylone...

— Et vous n'avez rien entendu de ce qu'ils disaient ? demanda-t-on de toutes parts.

— J'ai l'oreille bonne, si fait : ils parlaient de feu le prince Michel, de Vienne et des jardins Esterhazy. Mais je n'ai pas eu le temps de beaucoup réfléchir après leur départ. Comme je vous le disais, les deux Italiens, Zonza et Lorenzin sont venus se planter des deux côtés du grand portail et presque aussitôt après, j'ai entendu la voix de Sismonde, le deuxième valet de pied, qui criait : « Porte, s'il vous plaît ! »

Ça m'a étonné parce que Domenica Paléologue rentre toujours par la petite porte et que j'avais oublié le départ de Pernola, hier, dans la berline. J'ai dit à mon premier clerc d'aller voir au judas, mais on a frappé à tour de bras au dehors et les deux faquins d'Italie se sont mis à crier ensemble en me montrant le poing :

— Valaque de malheur ! est-ce aujourd'hui ou demain que tu vas ouvrir à ton maître !

Il y eut un mouvement autour de la table.

— Oh ! oh ! fit-on, les deux chanterelles ont dit cela ! Eux qui sont plus plats que des galettes !

— Ils ont rabaissé ainsi la Valachie, le pays de madame la marquise.

— Et pour le compte de M. le marquis, encore ! Est-ce que le pauvre homme va faire des barricades !

— Moi, ça m'amuse ! déclara Coralie. Voilà trois ans que je suis avec princesse Charlotte et trois ans que j'attends le grabuge. Je le sens venir... Et que leur avez-vous répondu, père Szegelyi ?

— C'est de vous taire, si vous voulez qu'on suive le fil, riposta le majestueux concierge. J'ai envoyé mon autre clerc. A eux deux, ils ont ouvert tout larges les battants de la grand'porte, et j'ai vu que le Pernola lui-même était descendu pour faire jouer le marteau. Heureusement que j'avais jeté un chapska sur mes épaules, car le Giambattista m'a dit poliment : « C'est bien, M. Szegelyi, vous êtes en tenue ! »

Je parie pour celui-là, vous savez ? Il mangera tous les autres, et ça doit être plus avancé qu'on ne croit, sa friture.

Il a agité son chapeau tout debout qu'il était sur le seuil et il a crié de sa plus belle voix :

— Sampierre, mon cousin et mon maître, soyez le bienvenu dans votre maison !

Les passants ne sont pas épais dans la rue de Babylone, mais il y avait pourtant bien une douzaine de badauds, arrêtés pour regarder la berline, et comme on demandait ce qu'elle voiturait, un gamin a répondu : « c'est l'ancien sauvage du café des Aveugles ! » Alors les douze badauds sont devenus cinquante, je ne sais pas comment, et quand nous avons refermé la porte, deux cents farceurs et farceuses étaient là qui criaient comme au carnaval.

Mlle Coralie dessina un pas de cancan et prononça en toutes lettres le mot un peu trop expressif qui salue nos mascarades à l'époque bénie de Mardi-Gras. La joie était générale. M. Szegelyi, toujours grave, but sa demi-tasse à petites gorgées et reprit :

— C'est de ne pas bavarder tous ensemble, si vous voulez savoir le reste.

— Voyons le reste ! voyons le reste !

Le concierge en chef, sans rien perdre de sa gravité, baissa le ton et rabattit ses paupières.

— Chacun sait bien, dit-il en cherchant ses mots, que les morts ne reviennent pas, communément, après avoir goûté du cimetière...

Il s'arrêta. Tout le monde faisait silence. Mlle Coralie qui était parisienne puisqu'elle ne connaissait pas son lieu de naissance, s'écria :

— Papa Szegelyi, si vous nous contez une histoire de revenants, je vas vous embrasser sur les deux yeux.

Le concierge branla la tête et murmura :

— Chez nous, là-bas, le long du Danube, de l'autre côté de Giurgevo, on voit des choses surprenantes. Je n'y crois pas, mais je n'aime pas qu'on rie à propos des trépassés. Ça porte malheur... vous avez tous connu ici le jeune M. Roland...

— Parbleu ! fit-on.

— Un joli brin d'amour, ajouta Coralie, s'il n'avait pas été si pâle. Princesse Charlotte l'a assez pleuré !

— Eh bien ! poursuivit le concierge, il y en a qui l'ont revu...

— Qui ça ? le jeune comte Roland ? le défunt ?

— Et princesse Carlotta ne le pleure plus, acheva Szegelyi dont la voix était presque un murmure.

— Et qui donc a vu le revenant ? demanda la soubrette, est-ce vous, papa Szegelyi ?

Le concierge eut un frisson.

— Non pas, fit-il, que Dieu m'en garde ! Le jeune comte était un digne chrétien, et j'ai porté son deuil fidèlement, ma fille.

— Mais, alors,

— Mes deux clercs.

— Tous les deux?

— Malheureusement, oui.

— Ensemble?

— Non, et ce n'en est que plus frappant. Yan, mon filleul, malgré sa jeunesse, rôde du côté de la cité Donon pour une fillette. Il n'y a plus d'enfants! La nuit où l'homme fut assassiné au saut de loup, Yan revint tout malade de peur. Il avait vu le comte Roland de Sampierre encore plus pâle que le jour de sa mort et qui marchait justement le long du saut de loup, soutenu par Joseph Chaix...

On se regarda autour de la table.

— Je ne suis pas superstitieux, reprit le concierge après un silence, mais nous sommes ici assez de gens de Roumanie pour qu'on puisse parler comme chez nous; et chez nous on dit que ceux qui reviennent ne sont pas morts de leur décès naturel.

— Ça se dit partout, murmura Coralie, qui ne riait plus. Et la seconde fois qu'on a vu le pauvre jeune homme?

— C'est Sébaste, mon autre clerc, répartit le concierge, et c'était dans la soirée d'hier. Je l'avais envoyé prendre de l'eau fraîche à la glacière. Il me rapporta la cruche cassée, disant: « Dieu ait pitié de nous, le défunt comte Roland se promène là-bas avec princesse Charlotte!... »

Au moment où ce dernier mot était prononcé, les deux serviteurs italiens du comte Pernola firent leur entrée dans la salle d'office, et demandèrent à déjeuner d'un ton d'importance qu'on ne leur connaissait point.

D'ordinaire, ils agissaient discrètement et même humblement avec les gens de la marquise Domenica; et vu la position douteuse de Pernola, leur maître, ils étaient traités un peu comme les domestiques d'un domestique.

Aujourd'hui, ils tapèrent sur la table comme font les casseurs d'assiettes au cabaret, et quelqu'un leur ayant fait observer qu'ils étaient en retard, Zonza dit :

— Si nous sommes en retard, vous autres, vous ferez bien de vous mettre en avance. Ceux qui resteront les bras croisés aujourd'hui auront à causer avec mon maître !

— Vous saurez, ajouta Lorenzin crânement, qu'il y a défense expresse d'approcher du pavillon. Ceux qui manqueront à la consigne seront mis dehors et lestement !

— Quel ton vous prenez ! s'écria Coralie indignée.

Pour la première fois peut-être, Lorenzin le regarda en face et répondit :

— C'est le ton qui me convient. Si vous n'êtes pas contente, la belle, allez vous plaindre à MM. de Sampierre, le comte et le marquis. Ils sont tous les deux au pavillon, allez leur demander votre reste !

VII

LES TROIS PREMIERS PORTRAITS

Nous sommes au pavillon Roland.

C'était une chambre assez vaste, mais surtout très longue, éclairée par quatre fenêtres qui se faisaient face, deux à deux. Deux de ces fenêtres donnaient sur la partie la plus ombreuse de l'enclos ou parc de Sampierre, les deux autres s'ouvraient sur cette large avenue de marronniers par laquelle nous vîmes descendre, il y a peu d'instants, la berline de famille qui ramenait M. le Marquis dans sa maison.

La chambre était de celles que les personnes préposées à la location des appartements appellent gaies. La lumière y entrait crûment et frappait les boiseries peintes à neuf de couleur claire. La glace, frais dorée, regardait, au-dessus de la cheminée en marbre blanc, les draperies gris-perle de l'alcôve, flanquée de deux portes, drapées de même et dont chacune faisait vis-à-vis à une bibliothèque en bois d'érable incrusté de minces filets d'ébène.

Une de ces portes, celle de gauche, était simulée pour la symétrie et recouvrait le mur plein.

Les sièges, également en érable, et dont la tournure accusait l'origine danubienne, étaient recouverts de lampas gris clair, pareil aux rideaux des fenêtres, qui tombaient en plis corrects et revus par le tapissier sur des doubles de mousseline richement brodée.

Entre les bibliothèques et la glace, deux portraits en buste de grandeur naturelle pendaient ; à droite, celui de la marquise Domenica ; à gauche, celui d'un jeune homme aux traits réguliers et à l'aspect maladif.

Entre l'alcôve et les deux portes, il y avait également deux cadres dont l'un était vide et dont l'autre restait voilé par un carré de soie noire.

Le cadre vide avait aussi son rideau de soie noire, mais qui était, pour le moment, relevé.

Les deux portraits voisins de la cheminée, exécutés par une main novice et même maladroite, avaient néanmoins ce cachet qui fait dire à ceux qui ne connaissent pas le modèle : Ce doit être ressemblant.

Et en effet, bon juge que nous sommes, au moins en ce qui concerne la princesse marquise, nous pouvons dire qu'il était impossible de ne la point reconnaître.

C'était elle-même, à un degré tout à fait frappant, non point telle que l'âge l'avait faite, mais telle que nous la vîmes, il y a vingt ans, en l'année de sa seconde grossesse, à la fois enfant et femme, admirée curieusement par le « tout Paris » des élégances illustres.

Dans le portrait, elle avait cette toilette orientale

qui fut tant remarquée à la fameuse fête de l'hôtel Paléologue.

Le jeune homme de l'autre portrait pouvait avoir dix-neuf ou vingt ans. Ses traits et son port rappelaient ceux du marquis Giammaria de Sampierre au temps de son mariage, mais il avait le regard de Domenica.

La signature des deux toiles était la même : Giammaria Sampietri de Sampierre.

Je ne saurais dire pourquoi cette pièce, malgré la lumière qui l'inondait et la gaieté de l'ameublement, avait dans son aspect quelque chose de mélancolique. On y respirait cette odeur particulière aux appartements campagnards qu'on rouvre après l'hiver pour le retour des maîtres.

En plein Paris, les sens et surtout l'esprit percevaient là comme une douloureuse saveur d'abandon.

C'est là que nous retrouvons le marquis Giammaria assisté de son fidèle cousin Giambattista Pernola. Le marquis avait un peu changé depuis le temps ; son visage restait régulièrement beau et le dessin de ses traits avait gardé toute sa délicatesse. Seulement, ses cheveux abondants et fins étaient blancs comme la neige, ce qui faisait ressortir avec une sorte de dureté la ligne noire de ses sourcils.

Une malle était ouverte au devant de l'alcôve. Pernola agenouillé la défaisait et tendait divers objets à un domestique d'aspect discret et doux comme Pernola lui-même, qui déposait les choses aux endroits que M. le marquis désignait, la plupart du temps, par gestes.

M. le marquis se promenait lentement de long en large et donnait un regard en passant, tantôt aux portraits, au paysage qu'il pouvait voir par les quatre fenêtres ouvertes.

— Cela ne dit rien à mon souvenir, murmura-t-il, et ce fut sa première parole. Mon fils Roland est bien plus ressemblant dans ma pensée et Mme la marquise ne m'a jamais souri ainsi. Ma mémoire cherche en vain une joie dans le passé.

— Vivez donc dans l'avenir, mon bien-aimé cousin ! prononça Pernola avec chaleur. Ce jour doit commencer pour vous une ère nouvelle.

Il déballait en ce moment un objet qui tenait tout le fond de la grande malle carrée, et si exactement qu'on eût dit que la malle avait été mesurée en vue de cet objet.

C'était un châssis, enveloppé dans un fourreau de lustrine noire.

Le marquis Giammaria prévint le domestique qui allait le prendre et s'en saisit pour le porter lui-même au fond de l'alcôve.

Le regard du valet suivit l'objet et se releva vers le cadre vide qui était à droite de l'alcôve, en face du portrait de la marquise, comme pour faire la comparaison entre la mesure du cadre et celle du châssis.

— Allez, Sismonde, dit Pernola. *Notre* maître n'a plus besoin de vous.

Le valet se retira sur-le-champ.

Quand Giammaria sortit de l'alcôve, il regarda tout autour de lui.

— Pourquoi Sismonde s'est-il éloigné? demanda-t-il.

— Parce que, répondit Pernola, j'ai désiré la faveur d'un entretien particulier avec mon noble parent, mon unique ami, mon cher bienfaiteur.

— Oui, pensa tout haut le marquis, je crois que vous m'aimez bien, Giambattista. Voilà plus de vingt-cinq ans que vous me le dites. Mon fils Roland ne m'aimait pas; il tenait en cela de sa mère. Pourquoi êtes-vous venu me chercher là-bas?

Pernola lui prit les deux mains, et dit d'un ton pénétré :

— Je n'ai jamais cessé d'avoir de vos nouvelles. Jour par jour, j'étais informé de l'état exact de votre santé. Je guettais avec ardeur, avec passion le moment si longtemps souhaité où je pourrais vous ramener en triomphe dans votre maison...

— En triomphe! répéta le fou, qui eut un amer sourire.

— Et aussi dans votre richesse, continua Pernola d'une voix ferme, et encore et surtout dans votre autorité. La miséricorde infinie de Dieu a exaucé ma prière. Au moment précis où votre présence devenait indispensable pour déjouer de perfides complots, j'ai reçu une lettre de notre savant docteur, qui me disait : « Le nuage se déchire; le marquis Giammaria redevient lui-même et recouvre les belles facultés de son esprit... »

— Aidez-moi, cousin, interrompit le fou dont le sourire devenait de plus en plus triste.

Il montra du doigt le cadre vide. Giambattista comprit, car il monta aussitôt sur une chaise pour décrocher le cadre. Pendant qu'il travaillait, le marquis demanda :

— Vous avez donc cru comme les autres que j'avais perdu la raison ?

— Jamais !... j'ai pensé que l'excès du travail et de la souffrance...

— Battista, mon ami, interrompit encore le marquis, convenez que j'ai bien joué mon jeu !

Il y avait maintenant une vanité enfantine dans la mélancolie de son sourire.

— Ma prétendue folie est plus précieuse pour moi que toutes les richesses de la terre, Battista !

Pour la seconde fois, son doigt fit un signe de commandement en montrant l'alcôve.

Giambattista, obéissant de nouveau, passa sous les draperies et revint, portant le châssis enveloppé.

M. de Sampierre le lui prit des mains et enleva lui-même le fourreau de lustrine en disant avec le plus grand calme :

— Sans ma folie, il y a longtemps qu'on m'aurait coupé le cou !

Giambattista voulu protester, mais M. de Sampierre lui imposa silence et continua tout en plaçant le châssis dans le cadre avec la sûreté de main d'un artisan consommé :

— Certes, il n'y avait pas crime, ni même faute de ma part. Je sais cela mieux que vous. J'avais dit à Dieu d'être juge, et Dieu avait rendu son arrêt. Mais la justice humaine n'entend pas de cette oreille-là... Accrochez !

Pernola remonta sur la chaise, et le cadre, muni de son châssis, pendit à la muraille, en face du portrait de Domenica.

C'était aussi un portrait ou plutôt un morceau de portrait : quelque chose de baroque et qui parlait énergiquement de folie.

Il y avait une poitrine, en buste, qui ressemblait ligne pour ligne au buste du jeune comte Roland.

C'était la même taille et le même costume.

Seulement, une brusque solution de continuité existait à l'endroit où la cravate aurait dû se nouer, et sur la blancheur de la chemise on voyait des traces de sang.

Il y avait en outre le haut d'un front tout jeune, couronné de cheveux abondants.

Entre ceci et cela, rien, — ou plutôt tout un *effacement* qui mangeait le cou et la totalité du visage.

C'était donc un portrait sans visage.

Une chose bizarre et lugubre.

— Relevez un peu à gauche, dit M. de Sampierre qui s'était éloigné pour juger de l'aplomb. Encore !.. C'est bien. Descendez.

Il appela du doigt Giambattista.

— C'est d'ici qu'il faut regarder, dit-il en choisissant son jour. Le trouvez-vous plus ressemblant que la dernière fois ?

— Oui, répondit Pernola sans hésiter. La ressemblance a gagné.

En parlant ainsi, il faisait mine d'examiner ce néant avec attention et en connaisseur.

M. de Sampierre parut content.

Mais son front se rembrunit presque aussitôt après et il poussa un profond soupir, en murmurant :

— J'ai tant souffert de mon isolement dans la vie ! C'était peut-être lui qui m'aurait aimé !

— Peut-être, fit Pernola comme un écho.

M. de Sampierre le regarda, et dans ses yeux mornes une flamme s'alluma.

— Est-ce de lui que vous allez me parler! demanda-t-il.

— C'est de lui, répondit Pernola.

Mais au lieu de poursuivre, il traversa toute la largeur de la chambre et posa une chaise au-dessous du quatrième portrait : celui qui se cachait derrière un crêpe.

— Que faites-vous, Giambattista ! balbutia le marquis d'une voix altérée.

Pernola ne répondit pas. La soie noire qui voilait le portrait, tirée brusquement, glissa sur sa tringle.

M. de Sampierre se couvrit le visage de ses mains et courba la tête en poussant un gémissement.

VIII

LE QUATRIÈME PORTRAIT

Le quatrième portrait, celui qui naguère disparaissait sous son voile de soie noire, était de la même main que les trois autres, exécuté avec une pareille absence d'art, mais aussi avec cette même faculté de produire une ressemblance saisissante.

Il représentait M. le marquis de Sampierre lui-même à l'âge de trente ans, beau, mais inanimé comme un marbre, et fou derrière sa gravité austère, fou jusqu'à donner le frisson.

Où était la folie, je ne saurais le dire. Le regard était froid, la tenue noble, la physionomie immobile. Et pourtant la démence suintait à travers ce front de pierre. Un peintre rompu aux secrets de son art, un peintre de génie n'aurait pu indiquer plus terriblement la mortelle maladie de la pensée.

Nous avons vu autrefois M. le marquis de Sampierre tel qu'il était représenté ici quand il quitta son appartement de l'hôtel Paléologue, au coup de deux heures après-midi, le 23 mai 1847, pour se rendre dans la chambre de sa femme en couches.

Nous le suivîmes alors, marchant le long des corridors de l'hôtel Paléologue, depuis son cabinet encombré de sciences poudreuses jusqu'à l'appartement de Domenica.

Et quoique son dessein fût pour nous un mystère, cet homme de glace, aux yeux mornes mais ardents, qui allait comme marche les somnambules, tenant de l'acier aiguisé dans une main, dans l'autre un chronomètre, nous faisait vaguement terreur.

Le portrait nous remettait aujourd'hui en face de l'homme d'alors et ressuscitait pour nous l'impression, mais plus redoutable que jadis.

Tout y était : le costume de gala rigoureusement correct, les cheveux noirs disposés selon l'art des coiffeurs, le scalpel tout neuf dans la main droite ; dans la gauche, la montre qui indiquait, non pas la deuxième, mais la sixième heure, l'heure du « jugement de Dieu. »

C'était une sinistre histoire brutalement racontée qui tenait dans ce cadre et qui faisait pendant à la sinistre énigme posée par l'autre portrait sans visage.

Ensemble, les quatre toiles mettaient en présence les personnages de cette tragédie muette et lente qui allait être la fin de deux grandes races : Sampierre et Paléologue.

— Voulez-vous regarder ce que je vous montre, Giammaria, mon cousin, demanda le Pernola après avoir attendu assez longtemps sous le portrait découvert.

— Non, répondit le marquis dont la voix chevrotait : remettez le voile.

Pernola, pour la première fois de sa vie, désobéit

ouvertement à un ordre de celui qu'il appelait son maître.

— Vous êtes ici chez vous, monsieur de Sampierre, dit-il en donnant à sa voix des inflexions solennelles, et vous avez auprès de vous le seul homme qui vous soit resté fidèle partout et toujours. Doutez-vous de mon dévouement absolu ?

— Non, répondit encore le marquis, mais il y a des choses que je voudrais oublier : remettez le voile !

Ses deux mains tremblantes restaient sur ses yeux comme un bandeau. Ses jambes fléchissaient sous le poids de son corps.

Pernola se rapprocha de lui et le soutint un instant dans ses bras.

— Pardonnez-moi, mon noble cousin, dit-il avec une tendresse respectueuse. Ceci était une épreuve. Je voulais me convaincre de la parfaite lucidité de votre esprit. Désormais, je ne conserve aucun doute.

Les mains de M. de Sampierre glissèrent le long de son visage. Il était extrêmement pâle, mais son regard avait une expression de triomphe enfantin.

— C'est vrai, vous m'aviez cru fou, vous aussi, Giambattista ! murmura-t-il.

Toute sa grande émotion semblait avoir disparu d'un seul temps.

— Le mot n'est pas bien choisi, repartit Pernola. Jamais je ne vous ai cru fou, mais il m'a semblé parfois que votre belle intelligence fléchissait sous les coups du malheur. Vous avez été frappé cruellement par ceux dont le devoir était de vous protéger et de vous aimer.

— Qui donc aurait eu le droit de me protéger ? demanda le marquis dont la haute taille se redressa. Et pourquoi dites-vous que celle dont le devoir était de m'aimer ne m'aimait pas ?

— Je m'exprime de plus en plus mal, fit Pernola avec un redoublement d'humilité. Je suis ému, je l'avoue, par l'importance de l'explication qui va avoir lieu entre nous.

M. de Sampierre le repoussa froidement et prit de lui-même un siège où il s'assit droit et roide, sans s'appuyer au dossier.

— Il n'y aura pas d'explication entre nous, prononça-t-il d'un ton péremptoire. Je vous défends, et cela sous peine d'être chassé comme un valet, de mal parler de Domenica Paléologue devant moi !

Giambattista courba la tête. Il resta un instant immobile puis, se détournant brusquement, il porta son mouchoir à ses yeux.

Il y avait en lui de la femme et beaucoup. Tous ces petits tours de la rouerie féminine étaient exécutés par lui avec une admirable vérité.

M. de Sampierre essaya de se raidir, et même, pour faire montre de courage, il releva les yeux sur le portrait qu'il avait refusé de regarder tout à l'heure.

Le vent avait tourné dans sa pauvre cervelle. La vue de cette toile qui aurait dû le remuer si profondément le laissa indifférent.

— Il y a des instants, dit-il, où je souhaiterais d'être pauvre pour utiliser les talents dont le Créateur m'a comblé. Je serais un grand peintre, si je voulais, et un grand médecin, et un grand légiste aussi, car j'ai étudié le droit dans ces dernières années, et vous savez comme j'étudie, mon cousin, quand je m'y mets... Ne soyez pas fâché contre moi, Battista, j'ai été injuste : je me souviens que plus d'une fois, vous avez défendu la princesse-marquise, même contre moi. Dieu merci, rien ne m'échappe.

Pernola, jouant l'homme qui cède à un irrésistible entraînement, se précipita à ses genoux en balbutiant :

— Oh ! généreux, généreux maître !

M. de Sampierre le baisa au front avec une grave condescendance.

— Vous n'avez jamais partagé, reprit-il, les soupçons qui firent si longtemps mon malheur, et c'est malgré vous, jadis, que j'accomplis cet acte...

Il s'interrompit comme s'il eût cherché un mot qui le fuyait. Son doigt tendu montrait son propre portrait que Pernola avait laissé découvert.

— Cet acte... répéta M. de Sampierre, je pense qu'on peut le qualifier de très malheureux, mon cousin Giambattista.

— Nous sommes tous ici-bas, dit Pernola, les esclaves de la fatalité.

— C'est vrai, c'est vrai, aussi certainement qu'une chose humaine peut être vraie, Domenica était belle...

— Etiez-vous moins beau ?

L'œil rêveur du marquis sembla prendre à témoin le portrait, tandis qu'il répondait.

— Je n'ai jamais vu d'homme plus beau que moi.

— Mais, continua-t-il aussitôt, l'enfant m'appartenait. C'était mon fils ; il me ressemblait trait pour trait. Mon honneur était intact, et j'ai tué mon bonheur !

— Voyez ! s'écria Pernola. Est-il possible de raisonner plus nettement !

M. de Sampierre eut de nouveau cet air naïvement rusé qui faisait peine à voir.

— Mon cousin, dit-il, mon raisonnement est encore bien plus net que vous ne le pensez. Ce sont de très curieuses questions... Pourquoi vous en défendre ? Vous avez été trompé comme tout le monde ! J'ai étudié la loi. Il n'y a pas un juge capable de m'embarrasser, et les avocats ne me vont pas à la cheville. Les livres de jurisprudence que j'ai lus, fouillés, annotés, ne tiendraient pas dans cette chambre. Eh bien ! parmi toutes les cuirasses qu'un homme peut boucler au devant de sa poitrine pour se rire des coups de la justice, la meilleure et la plus commode c'est l'aliénation mentale. J'ai agi en conséquence.

— Est-ce bien possible ! s'écria Pernola. Vous auriez calculé...

Il s'arrêta suffoqué et comme s'il n'eût point trouvé de paroles capables d'exprimer son admiration.

— Voilà ! dit M. de Sampierre, jamais je n'ai éprouvé le plus léger symptôme de trouble intellectuel. Au contraire, la logique fait le fond de mon caractère. Quand je commis cette action que vous savez, dans la nuit du 23 mai 1847, j'obéissais à la logique. J'étais, en outre, dans mon droit, comme je le prouverai à qui voudra discuter la question avec moi. J'avais gardé pour ma part, dans toute sa pureté la fidélité conjugale... Mais notre loi française, qui est un habit d'arlequin fait avec les rognures des législations antiques, n'admettrait pas mon argumentation trop élevée. Mieux vaut se garer de notre loi que de disputer contre elle... fermez, je vous prie, les persiennes de toutes les fenêtres et retirez-vous.

Pendant que Pernola obéissait à la première moitié de cet ordre, M. de Sampierre se mit à marcher de long en large, pensant tout haut :

— L'enfant aurait vingt ans, et Domenica m'aimerait à cause de lui !

Pernola traversa la chambre après avoir fermé les persiennes des deux croisées du fond.

— Est-elle toujours la plus belle des femmes ? demanda le marquis tout à coup.

Pernola mit sur ses lèvres son plus doux sourire pour répondre :

— C'est Vénus dans l'épanouissement de sa splendeur. Elle est notre joie et notre adoration à tous. Elle danse, elle chante ; à table, son appétit merveilleux, fruit d'une conscience pure, anime et encourage la gaieté...

— Parle-t-elle de moi quelquefois ? interrompit M. de Sampierre.

Pernola qui arrivait aux fenêtres donnant sur la grande avenue, se retourna.

— Tout à l'heure, dit-il, mon noble cousin, vous m'avez ordonné de me retirer. A quoi bon entamer des explications qui seront forcément interrompues ? Quand vous souhaiterez des renseignements complets sur ce qui vous intéresse, vous m'accorderez une heure à votre convenance.

Il fit jouer l'espagnolette de la troisième croisée. Le marquis reprit sa promenade, souriant et songeant :

— Elle danse, elle chante !... Eternelle jeunesse de la femme !... Et plus belle qu'autrefois !... Moi, au contraire...

Il s'arrêta devant la glace, de façon à ce qu'elle lui renvoya en même temps sa propre image et son portrait, qui était à droite de l'alcôve.

Il regarda, il compara longuement et attentivement.

— Moi, je suis vieux, dit-il, très vieux.

Il ajouta, pendant qu'un éclair d'étrange intelligence s'allumait sous le froncement de ses sourcils noirs :

— Et je suis fou !

En ce moment, un bruit de roues sonnait discrètement sur le sable de la grande avenue. Pernola était en train de fermer la quatrième persienne.

— Qu'est-ce là ? demanda le marquis.

— C'est ma bien-aimée cousine Domenica, repartit Pernola, qui revient de chez sa sorcière pour donner un coup d'œil aux préparatifs de son bal de ce soir.

M. de Sampierre fit un bond de jeune homme. De toute cette phrase qui disait l'exacte vérité avec tant de perfidie, il n'avait entendu qu'un mot, un nom : Domenica.

Il écarta Pernola brusquement et prit sa place à l'entrebâillement des persiennes presque fermées.

Le regard qu'il glissa par l'étroite ouverture partit comme un coup de pistolet.

Pernola, rejeté ainsi en arrière, avait aux lèvres un sourire narquois et triomphant. Il pensait :

— Que va-t-il dire de cette bonne grosse maman lourde et rouge qui nourrit trop bien sa quarantaine ?

La voiture de Mme la marquise passait justement devant les croisées au pas de ses deux chevaux. M. de Sampierre demeura immobile et retenant son souffle tant que le visage de sa femme resta en vue.

Quand il cessa de voir, un profond soupir souleva sa poitrine et il dit :

— Battista, vous ne m'avez pas trompé ; elle est plus belle qu'autrefois, et je ne l'ai jamais si ardemment aimée !

FIN DU TOME QUATRIÈME

Grande Imprimerie de Troyes, 126, rue Thiers

ŒUVRES DE PAUL FÉVAL

Le Fils du Diable.......................... 2 vol.
Les Marchands d'Argent.......................... 2 vol.
Les Trois Hommes Rouges.......................... 2 vol.
La Vengeance de Bluthaupt.......................... 2 vol.
Ceux qui aiment.......................... 1 vol.
Haine de races.......................... 1 vol.
Le Cavalier Fortune.......................... 2 vol.
Chizac-le-Riche.......................... 2 vol.
Le Vulnéraire du Docteur Thomas.......................... 1 vol.
Les Parents Terribles : Les Chenilles du ménage...... 1 vol.
— Enfin seuls !................ 1 vol.

ŒUVRES DE PAUL FÉVAL FILS

Le Loup Rouge.......................... 2 vol.
Le Testament à Surprises.......................... 1 vol.
Le Faux-Frère.......................... 2 vol.
Histoires d'Outre-Tombe : Une Soirée chez la Marquise. 1 vol.
— Le Judas Breton........... 1 vol.
— Le Bouquet du Moribond... 1 vol.
Les Amours du Docteur : Tuteur infâme............ 1 vol.
— Vierge-mère................ 1 vol.
Les Bandits de Londres : L'Œil de diamant........... 1 vol.
— La belle Indienne........... 1 vol.
— Trois Policiers............. 1 vol.
Un Notaire embêté.......................... 1 vol.

Chez tous les libraires : 0 fr. 20. — Franco-poste : 0 fr. 25

ALGÉRIE, COLONIES ET ÉTRANGER : 25 CENTIMES (Port en plus)

www.ingramcontent.com/pod-product-compliance
Lightning Source LLC
LaVergne TN
LVHW020324230826
846091LV00003B/763